LES DÉGUEULASSES

SANTIAGO LORENZO

LES DÉGUEULASSES

roman

TRADUIT DE L'ESPAGNOL
PAR LORI SAINT-MARTIN

ÉDITIONS DU SEUIL
*57, rue Gaston-Tessier, Paris XIXe*

Cet ouvrage a été traduit avec le soutien
de Acción Cultural Española, AC/E

Titre original : *Los Asquerosos*
Éditeur original : Blackie Books
ISBN original : 978-84-17059-99-6

Cette édition est publiée en accord avec SalmaiaLit,
Literary Agency

ISBN 978-2-02-142557-4

www.seuil.com

1

Il est né à Madrid en 1991. Son père était un type dont tout le monde se foutait. Sa mère – même remarque – était la sœur de mon ex-femme, que je n'ai pas revue depuis un bail. D'oncle, il n'avait que moi.

C'était quelque chose de le voir, à onze ans, chercher du travail sur Internet. On n'allait pas lui en donner et de toute façon, il était trop jeune pour postuler. Mais tout petit déjà, Manuel enquêtait pour savoir ce que ça ferait de se trouver plongé dans le monde réel.

Manuel est un faux nom. Je ne dois pas donner le vrai.

C'était un de ces enfants qu'on appelle « clé au cou ». Ses parents, accaparés par le boulot ou les relations extra-conjugales, n'étaient jamais à la maison. Manuel portait la clé de chez lui autour du cou parce qu'il n'y avait personne pour s'occuper de lui après l'école. On suppose généralement que cette situation crée une douloureuse carence. Négligés de la sorte, beaucoup basculent un jour ou l'autre dans l'automutilation, les jeux de rôle malsains, l'anorexie, le romantisme à tous crins ou la moto à fond la caisse.

Pas Manuel. Ayant pesé le pour et le contre de l'incurie parentale, il avait tiré ses propres conclusions. Pour lui, le manque d'attention était un authentique coup de pot et l'absence de ses vieux, qui lui évitait de supporter leurs inepties, une magnifique aubaine. Dans la maison vide, il avait trouvé un espace qu'il régentait, un ranch dont, dès son plus jeune âge, il était le grand chef.

Il plaignait les enfants « sans clé au cou », ceux qui gagnent un goûter mais perdent le plaisir de s'occuper tranquillement de leurs affaires et de parfaire leurs habiletés en solo. Lui, profitant de son indépendance nouvellement acquise, avait appris très vite à faire une omelette, à recouvrir ses livres de papier et à éliminer une tache de graisse sur un vêtement au moyen d'une pincée de farine.

Un jour, il avait réparé le raccordement d'une prise de lampe. Il n'en avait pipé mot, sachant que papa-maman allaient le gronder pour avoir joué avec l'électricité. Ils avaient cru que la lampe s'était arrangée toute seule, des trucs qui arrivent parfois. Manuel avait appris à cacher ses bons coups. Son intérêt pour les appareils est devenu une passion. Il avait adopté le tournevis utilisé pour la réparation comme une amulette, plus utile que magique, mais qui tout de même lui portait chance. C'était un outil de taille moyenne, au manche jaune semi-transparent, d'une luminosité irrésistible. Manuel était un petit touche-à-tout habile qui est peu à peu devenu grand.

Quand d'aventure il croisait ses vieux, il se montrait aimable, cherchait à excuser leurs gaffes, passait sous silence leurs petites ridiculeries. S'ils lui semblaient démoralisés, il les encourageait ; il les réconfortait à leur arrivée à la maison, filait dans sa chambre s'ils avaient vraiment trop le cafard. En un mot comme en cent : ses parents lui faisaient pitié. Et il faut bien l'admettre, ils inspiraient le même sentiment à tout le monde.

Il est resté petit de taille, comme moi. Son ascenseur personnel s'est bloqué à 157 centimètres.

Il était futé. Un psychiatre muni d'une batterie de tests aurait détecté chez lui un joli Q.I. Mais aucun n'en a eu l'occasion. Là où Manuel a démontré son intelligence supérieure, c'est en refusant de se laisser évaluer – pourquoi mesurer une chose qu'il allait utiliser quels que soient les résultats ? S'il lui arrivait de parler de son Q.I., c'était pour s'en inventer un, réduit à dessein pour paraître plus bête qu'il n'était. Tactique qui lui a permis plus d'une fois de tirer son épingle du jeu.

Il était doué pour apprendre sans outils sophistiqués, s'aidant seulement d'instruments courants et de ses pouvoirs d'observation. Il a étudié l'anglais en écoutant la radio, sans cours ni académie. Au lieu d'une auto-école, il a contemplé les chauffeurs d'autobus. Il s'exerçait sur les appareils en démontant ceux qu'il récupérait dans les bennes à ordures.

Pressé d'apprendre et d'agir, l'œil grand ouvert et la main agile, il s'affairait, examinait des mécanismes, feuilletait des bouquins, regardait par la fenêtre et je ne sais quoi encore. Le tout était d'avoir la tête et les doigts en mouvement perpétuel. Je me souviens qu'un jour, on en est venus à cette vieille question de savoir ce qu'on demanderait au génie de la lampe si on avait la chance de le voir surgir. N'ayant jamais brillé par mon originalité, j'ai dit que je voudrais voler ou être invisible.

Manuel a déclaré qu'aucun de ces deux souhaits n'avait d'intérêt à ses yeux. On pouvait voler grâce à Google Maps. Et il se sentait déjà invisible, lui qui remarquait que personne ne le remarquait. Il m'a dit qu'il souhaiterait plutôt être dispensé de dormir. Ça l'emmerdait au plus haut point que ses yeux se ferment et que le sommeil s'empare de lui alors qu'il était absorbé par une affaire. Il choisirait d'être libéré de cet esclavage et passerait sa vie éveillé, debout et livré à ses obsessions solitaires.

Il était d'une curiosité nerveuse. Si d'aventure un tribunal tordu l'avait condamné à mourir fusillé, il aurait trouvé ça emmerdant, bien sûr, mais en même temps, un vertébré en son genre aurait été excité comme une puce à l'idée de vivre une expérience indéniablement nouvelle et que peu de gens ont l'occasion de faire.

Rigoureux en toute chose, il était le seul zigoto que j'aie connu qui, lorsqu'il mentionnait un film dans un mail, se donnait la peine de mettre le titre en italiques. Et c'était la moindre de ses petites pointilleuseries.

Il était assoiffé de contact humain. Soucieux de ne rien manquer, disait-il, il ne pourrait vivre dans une ville où il ne comprendrait pas sans effort chacun des mots lus ou entendus. Pour la même raison, il ne pouvait habiter une capitale plus petite que Madrid, avec son pullulement humain. Il disait que si un jour il devait aller planter sa tente ailleurs, ce ne pourrait être qu'à Buenos Aires ou à Mexico.

Il lui arrivait pourtant un truc dramatique et triste. Qu'un type aussi bien intentionné et tellement sociable ait tant de mal à se faire des amis était à désespérer. Pour la synchronisation avec son prochain, Manuel s'y prenait comme un manche.

Il avait très envie de sortir en bonne compagnie, de traîner dans Madrid entouré de copains sympas, causant le matin, vagabondant l'après-midi, enfilant les verres le soir. Mais il n'y arrivait pas, et c'était une torture pour lui. Tout comme il y a des personnes qui s'acharnent à accumuler du fric mais trébuchent et ratent leur coup, ou y arrivent à demi, ou échouent franchement, Manuel, en amitié, était toujours fauché.

À force de courir après les gens, il les faisait fuir. Il avait honte qu'on voie trop son désir de copinage, et s'agaçait des angoisses qui l'envahissaient durant la valse-hésitation entre le rapprochement et l'éloignement. Son intérêt trop palpable gênait, et plusieurs candidats potentiels, mine de rien, avaient pris leurs jambes à leur cou. Pour ceux qui ne le connaissaient pas, Manuel était lourd. Et forcément, aucune de ses nouvelles connaissances ne le connaissait. Je suis souvent sorti avec lui le vendredi (avec mes trente ans de plus que lui, quelle paire nous faisions) et il regardait avec admiration et envie les bandes, les clans et les attroupements. Il n'avait pas les bons appâts pour aller à la pêche aux amitiés.

Inutile de dire que ses timides tentatives de rapprochement échouaient encore plus lamentablement quand elles visaient une fille. Son trouble redoublait et il se couvrait inévitablement de ridicule. Parfois, il passait franchement pour un imbécile. Il a pourtant réussi à avoir une copine ou deux, des histoires sans suite où il se faisait généralement larguer et dont la fin le laissait prostré de douleur durant des semaines. Une catastrophe.

2

Scotché aux câbles, petites roues et boutons, Manuel a d'abord fait une formation technique, puis des études d'ingénieur, qu'il a terminées en 2013. À cette époque, il cherchait du boulot depuis trois ans déjà, sérieusement, cette fois en adulte, possédé qu'il était par l'urgente nécessité de fuir la maison paternelle et ses occupants naturels.

Mais dès le début, diplômes déjà en poche ou non, Manuel s'est englué dans le vaste marasme qu'était alors le marché du travail. Il se heurtait à une crise économique interminable, poisseuse, avec des taux de chômage astronomiques. Une situation si défavorable qu'on aurait dit une blague de caméra cachée dont l'équipe complète aurait claqué d'un coup, sans un seul survivant pour couper et annoncer que c'était pour rigoler, que tout le monde pouvait reprendre sa vie normale. La plaisanterie, une fois lancée, se poursuivait toute seule, s'embrouillant dans des malentendus de moins en moins viables.

De fait, il n'a décroché un premier petit boulot (surveillant dans une pépinière) qu'une fois ses études terminées. Ce job a duré ce que dure l'été et le deuxième (vendeur dans une grosse papeterie), ce que dure la saison de Noël. Il y en a eu d'autres, dont le moins éphémère fut celui de préposé remplaçant (le titulaire du poste ne s'est jamais pointé) dans un entrepôt de matériaux de construction de Leganés, en périphérie de Madrid.

Deux ans ont passé ainsi, cahin-caha. Manuel acceptait n'importe quelle offre pour éviter de laisser des trous dans son C.V., accomplissant, contre une rémunération rachitique, des tâches sans le moindre lien avec ses aspirations professionnelles. En plus, on lésinait tellement sur le personnel que le boulot s'accumulait tout seul.

Bref, l'histoire de Manuel n'avait rien d'original pour l'époque, qui a vu des armées d'hommes et de femmes pisser à toute vitesse pour avoir les mains libres si on les appelait pour leur proposer un entretien.

Il consacrait au travail de nombreuses heures, comme s'il en avait une provision sans fond. Durant ces deux années, il n'a pu penser à autre chose qu'aux ordres des chefs de section, dirigeants d'équipe et autres responsables de secteur. Son énergie physique et mentale y passait entièrement, reléguant aux trajets de métro ou de bus la lecture, l'anglais de la radio, la mise à jour de ses connaissances en ingénierie et les mille et un sujets qui mobilisaient son esprit et n'avaient jamais rien à voir avec ses emplois occasionnels.

En un mot, il a dû y renoncer. Ce qui plombait salement son moral, puisque Manuel était naturellement actif. Mais pas tellement, il faut bien le dire, quand il s'agissait de transporter des caisses du deuxième sous-sol à l'aile B du premier étage. Là, il devait déployer des efforts inouïs. Tout ce qu'il comptait de penchants, intérêts, goûts et méditations agréables a dû être abandonné ou circonscrit à des moments saugrenus de la journée, et il rognait sur ses heures de sommeil en attendant que le génie de la lampe exauce son vœu.

Pour son plus grand malheur, le boulot le tenait captif. En guise de consolation, il songeait au pécule accumulé. Il ne dépensait presque rien, entièrement tendu vers le jour où il se trouverait à la tête de l'armée de piécettes qui lui permettrait de fuir la maison. Il continuait de chercher, dans l'espoir de dénicher un jour un emploi mieux rémunéré, avec de meilleurs horaires ou un rapport, même ténu, avec ses études.

Je crois, par ailleurs, que quand Manuel scrutait les diverses options, le salaire et les congés comptaient moins à ses yeux que la présence d'autres employés sur les lieux. Des types et des filles avec qui alterner, faire des projets, prendre un verre après le travail. Les petits jobs qu'il parvenait à décrocher ne lui offraient ni bonnes conditions ni compagnons.

Il errait de cette façon lorsque, en juin 2015, il a atterri dans une boîte qui employait pas mal de gens. En prime, si on n'y regardait pas de trop près et qu'on était un optimiste né comme Manuel, l'affaire avait un très lointain rapport avec sa formation d'ingénieur. C'était une petite entreprise de services, rattachée à un gros opérateur de télécommunications. Y travaillaient un coordonnateur et vingt-deux téléopérateurs (rien à voir avec le génie, à bien y penser). Ils répondaient aux plaintes des clients qui concernaient les portables et Internet. Au début, ça semblait prometteur.

Après deux semaines, Manuel a commencé à soupçonner, contrarié, qu'il y avait anguille sous roche. Les téléopérateurs, parmi lesquels il figurait, écoutaient les réclamations des abonnés, toujours liées aux montants exigés par la société mère : double facturation injustifiée, charges arbitraires, tarification erronée, frais pour services non rendus, taxes sorties de la manche de quelque prestidigitateur.

Les employés devaient renvoyer les appels à une instance supérieure, en principe chargée de trouver une solution. Manuel remarquait que beaucoup de clients rappelaient le jour suivant, et celui d'après, parce que leur problème n'avait pas été résolu. Il pressentait qu'on ignorait délibérément les plaintes, et que l'inaction durait jusqu'à ce que le client, de guerre lasse, abandonne la partie. Ce qui, dans un pourcentage élevé de cas, ne tardait guère. Beaucoup de gens, ceux qui n'épluchaient pas leur facture, ne se rendaient pas compte qu'on les arnaquait (eux, bien sûr, ne se plaignaient même pas). D'autres laissaient tomber par timidité, parce que protester était au-dessus de leurs forces, parce qu'ils préféraient renoncer plutôt que de continuer à perdre leurs matinées ou parce qu'ils se disaient qu'il n'y avait rien à faire. Et voilà comment l'entreprise encaissait des bénéfices : on ne remboursait les sommes injustement facturées qu'à ceux qui insistaient un nombre infini de fois. Les employés avaient des téléphones défectueux et les fréquentes pannes de connexion mettaient à rude épreuve la patience des clients même les plus déterminés.

Le coordonnateur faisait l'innocent. Les troupes redirigeaient appel après appel, fournissaient des explications incompréhensibles, y compris pour elles-mêmes. En plus, l'ambiance était pourrie. Un jour, le bruit a couru qu'on allait virer un employé. Bientôt, tous étaient au courant, sauf l'infortuné chômeur en puissance. C'était son anniversaire. Les téléopérateurs et le chef, tous des dégueulasses, ont chanté à plein volume : « Joyeux anniversaire, joyeux anniversaire, joyeuse mise à la porte… » en riant sous cape. On a viré le type. (On en a viré aussi deux autres, parmi ceux qui avaient chanté le plus fort. La tête qu'ils ont faite !) Le climat idéal, on le voit, pour forger des amitiés durables.

La paie : un billet rose par mois, un seul. Celui qui réclamait un centime de plus se faisait montrer la sortie, comme le type dont on avait fêté l'anniversaire. Maigre rendement, pour dire le moins.

Mais Manuel a fait des calculs. Après deux années au cours desquelles il avait économisé la presque totalité de ses gains, il avait quatre mille euros en banque. Et un job auquel il pensait s'accrocher malgré l'ambiance putride qui régnait dans la boîte. Il s'est acheté un ordinateur et une petite voiture de cinquième main, amputant son butin de près du quart et, en juin 2015, il s'est enfin lancé dans la vie indépendante.

Il s'est installé dans la zone décrépite de Centro, le quartier le plus densément peuplé de Madrid, battant au rythme de la capitale, en plein centre nerveux. L'endroit tout indiqué pour se frotter à ses semblables, de jour comme de nuit.

Il a loué un appartement, ou ce qu'il désignait ainsi par optimisme militant. C'était une sorte de cabane sans fenêtres dans un ancien immeuble de bureaux qu'on avait découpé en micro-logements de la taille des anciens postes de travail, à peine rénovés et d'une légalité plus que douteuse. Manuel a pu s'offrir une unité avec toilette et lavabo. Tant de l'extérieur que de l'intérieur, l'édifice ressemblait étrangement à celui où il bossait. Il trône encore là, en pleine rue Montera, artère assez conflictuelle qui, pour cette raison même, affiche des loyers abordables.

Le propriétaire de Manuel possédait tout l'immeuble. Je n'ai pas eu de contact avec lui, mais à en croire Manuel, c'était un de ces drôles de zarbis qui donnent l'impression de puer d'un seul pied. Avant tout, c'était un petit malin, un profiteur. Un radin patenté. On disait qu'après un week-end passé à l'hôtel en mars, il avait exigé un rabais parce qu'on avait avancé d'une heure pendant son séjour. Un combinard, un pingre, un sans vergogne. Un dégueulasse, quoi. Inutile de lui demander de faire réparer un radiateur ou de changer un robinet.

Assez pour faire soupçonner qu'il se tramait des choses cheloues dans l'immeuble. Le zigoto était peu porté à signer quoi que ce soit et refusait de fournir des justificatifs de domicile. Il se faisait payer en main propre, cash, et à l'avance. Manuel a tenu à lui donner une photocopie de sa carte d'identité pour être réglo, avec cette volonté saugrenue, typique de lui, de faire les choses comme il faut. C'est tout juste s'il n'a pas été obligé de forcer le type à accepter le document. Mais il a pu le lui remettre enfin.

Dans le Madrid de 2015, le secteur du logement n'était ni des plus propres ni des plus respectueux de la réglementation. En cette ère de démolitions, le coin ressemblait, du point de vue psycho-économique, à un vaste Monopoly auquel il aurait fallu jouer avec des dés plats, des unités monétaires différentes et des rues toutes de la même couleur. Et au milieu de ce cirque, contrarié par les irrégularités, cherchant un peu de licéité, Manuel offrait sa pièce d'identité en gage de droiture.

Sur le plan professionnel et financier, je suis loin d'être un surdoué. Diplômé en psychologie, branche industrielle, j'ai bossé comme j'ai pu en ressources humaines, mais à l'époque dont on parle, je riais jaune parce que les miennes, de ressources, me condamnaient à vivre de pois archi-chiches. Moi aussi j'étais affecté par la pénible situation du marché du travail. J'ai connu de longues périodes de chômage, et je m'étais fait plumer en me séparant de ma femme et de mes deux enfants (un investissement bien rentable, par ailleurs – je me suis débarrassé des trois d'un seul coup).

Malgré mes nids-de-poule financiers, j'ai voulu donner un coup de main à Manuel. Il a refusé l'aumône que je lui proposais pour l'aider à vivre ou se loger mieux (encore heureux, putain, parce que je me demande ce qui m'a poussé à lui offrir un fric que je n'avais pas). Ce n'est ni par bravoure ni par bêtise qu'il a décliné mon offre, mais bien parce qu'il voulait se tirer d'affaire tout seul. Il supportait le job et le trou à rat parce qu'il savait qu'il n'avait pas encore été reconnu à sa juste valeur et qu'il lui fallait s'accrocher, tant que le sofa social aurait des ressorts brisés qui lui sortaient de partout. La dégradation généralisée n'inspirait pas l'enthousiasme, mais il en montrait quand même, surveillant les grilles, à l'affût de la moindre petite brèche.

Manuel s'est installé dans le taudis de la rue Montera avec les trois ou quatre bricoles qu'il possédait. L'endroit était plutôt sinistre. Peut-être que l'étroitesse des cagibis rétrécissait les âmes. Deux semaines plus tard, il n'avait pas échangé un seul mot avec ses voisins. Les couloirs parcourus de nombreuses portes, routes qu'on ne s'était pas donné la peine de finir, n'encourageaient pas le rapprochement. Et encore moins dans le cas d'un type peu bavard comme notre oiseau, malgré la folle envie qu'il en avait.

3

C'est arrivé durant l'après-midi de son deuxième vendredi de citoyen émancipé. Manuel se préparait à sortir du conteneur dans lequel il s'était installé. Depuis un moment, il voulait s'acheter une machine à churros classique, avec son embout en forme d'étoile, son piston et ses anses de part et d'autre. Ayant fini par dénicher une quincaillerie de Paseo de Delicias qui en vendait, il allait se mettre en route.

Il y avait apparence de pluie, phénomène qui, durant l'été madrilène, n'a rien de doux ni d'agréable. Muni de son parapluie à trois euros pour s'éviter d'en débourser trois autres si l'orage éclatait, Manuel a quitté sa cellule et est descendu à pied, comme toujours.

En arrivant dans le vestibule, il a senti que la rue était plus bruyante que d'habitude, et plus tendue. Il a entrouvert la grande porte en bois pour voir ce qui se mijotait et a vu des gens qui couraient en direction du quartier de Sol. C'était la fin d'une manifestation, une file dans sa phase de dissolution qui s'allongeait et se contractait sous les mains du corps policier. La manif était devenue désordonnée, comme toujours lorsque les autorités décident d'y mettre de l'ordre.

Tout à coup, la porte a foncé vers Manuel, qui l'a reçue en plein sur un sourcil. Un type assez balèze avait tapé dessus de l'extérieur, puis l'avait poussée d'un rude coup d'épaule. Il a fait irruption dans le vestibule en heurtant dans la foulée l'infortuné locataire. Habillé en civil, il serrait une matraque extensible dans la main droite, un badge de la police anti-émeute au cou. S'il était sorti de chez lui incognito, le secret était largement éventé à présent.

La manif n'avait pas gagné le vestibule. C'est rarement le cas d'ailleurs. Il n'y avait personne à disperser. Mais l'agent a fermé la porte derrière lui. Il semblait tenir pour acquis que Manuel, qui n'a jamais même su la raison du rassemblement, était un mécontent qui cherchait à se mettre à l'abri. Avec une rage mal dissimulée, il a susurré le couplet « Pas un son, l'avorton », référence peu amène et menaçante à la petite taille de Manuel.

L'intimité du vestibule a fait des merveilles pour le moral du policier. Il a propulsé Manuel contre le mur des boîtes aux lettres et a brandi son bras armé en prenant pour cible l'épaule de sa proie. Il allait le frapper comme ça, sans raison. Ou parce que Manuel lui rappelait quelqu'un, par conviction morale, par zèle professionnel. Peu importait. L'individu avait une tête d'abruti incapable de remplir correctement le moindre formulaire au moindre guichet.

Manuel, qui se trouvait toujours envahi par un lexique complexe dans ses moments d'effroi, a formulé mentalement deux phrases alambiquées : « En quel honneur cet individu fait-il irruption dans mon quotidien ? » et « Que diable allais-je faire dans cette galère ? » Un infiltré allait le fendre en deux après l'avoir pris en flagrant délit de sortir de son immeuble en quête d'une machine à churros.

Manuel a entrevu en un éclair la tournure que prendraient les événements s'il se laissait faire. Non seulement on lui foutrait un sacré coup de gourdin, mais il aurait la conscience goudronnée à l'idée que l'État de droit avait inscrit à même son corps sa soif de *déni de droits*. Comment supporterait-il de tourner dans la roue sans rayons de l'absurdité s'il encaissait le coup et partait comme si de rien n'était pour la quincaillerie Delicias ? Un fonctionnaire qu'on payait chaque mois pour défendre l'espace public allait lui confisquer le sien.

La différence de volume entre eux était telle que le flic pouvait l'écrabouiller sans mal. Mais en s'en prenant à un format réduit, le fonctionnaire-milicien s'était fourvoyé sur toute la ligne. Manuel allait se défendre contre l'agressivité injustifiée de cet opposant par trop avantagé.

Il a empoigné le tournevis-amulette au fond de sa poche. Depuis la réparation de la lampe, il ne s'en était jamais séparé. Il l'a sorti dare-dare et l'a plongé dans le cou exposé de son agresseur imminent. Il a visé juste. L'autre a laissé tomber la matraque en portant les deux mains à sa gorge.

En un sursaut, Manuel s'est redressé et a traversé le vestibule sans prendre le temps de constater l'étendue des dommages. Aucune idée si la blessure infligée était légère ou grave, superficielle ou mortelle. Il ne savait qu'une chose : le tournevis était taché de sang. Il avait touché la cible, mais ignorait l'effet de son acier sur la santé de l'anti-émeutier.

En juillet 2015, un arsenal juridique qui redéfinissait les relations entre citoyens et forces de l'ordre était entré en vigueur. Sur le papier, ça sonnait merveilleusement bien, mais la nouvelle loi prévoyait des lourdes sanctions et de fortes peines de prison pour un mot de travers, une photo, un écart dans la perception ou un léger contact des doigts.

En pratique, le texte de loi transformait les policiers en juges armés dont le simple témoignage avait valeur de preuve. Ce qui les rendait pratiquement intouchables, comme si le gouvernement avait voulu flatter le corps policier et en faire sa garde prétorienne. Il y avait plus de raisons de fuir les flics en 2015 que les loubards dans les années soixante-dix, des gens que mon âge m'avait permis de côtoyer. Un filou qui vous piquait cent pésètes vous allégeait un peu le porte-monnaie, certes, mais sans peine de prison ou autres sanctions lourdement gonflées.

L'incident du vestibule serait traité comme un attentat contre un représentant de l'autorité. Si pour un mot, un geste ou un bras à peine frôlé, on saisissait vos comptes et vous expédiait au cachot sans autre forme de procès ou presque, imaginez ce qui arriverait dans le cas d'une agression, aussi justifiée fût-elle, ayant fait couler du sang. Selon l'importance de la ponction au cou, et au vu des nouvelles dispositions, pas de prescription du délit avant quinze ou vingt ans. En matière d'amende, ils allaient confisquer jusqu'au dernier des euros que Manuel avait péniblement amassés en deux ans, la bagnole en plus et tout le blé qu'il était susceptible de récolter jusqu'au jour de sa mort. Tout ça pour s'être défendu.

Il pourrait plaider la légitime défense, concept dont on entendait parler dans les films. Au cinéma, on observe un cosmos judiciaire particulier, dont rien ne nous prouve qu'il existe dans l'ici et maintenant.

L'anti-émeutier gisait là, gémissant près des boîtes aux lettres, comme s'il était affligé de ne pas recevoir une missive qu'il attendait en vain depuis des lustres.

En deux bonds, Manuel s'est trouvé à la porte. À l'instant où il attrapait la poignée, la tranche extérieure de son œil, la calotte de son globe oculaire, est tombée sur un objet qu'il n'avait jamais remarqué : une caméra de sécurité qui le narguait depuis le coin supérieur du vestibule. Elle était là, vissée au mur, avec ses quarante-cinq degrés d'angle dièdre destinés à embrasser tout l'espace sans perdre un seul détail.

L'objectif l'avait donc pointé durant l'incident, comme un insecte dans un documentaire. Mais juste avant de franchir le seuil, son instinct de survie l'a poussé à éviter au moins les autres caméras, celles de la rue, que les policiers commenceraient à examiner dans la demi-heure qui suivrait. Il a eu l'heureuse idée d'ouvrir le parapluie avant de quitter le vestibule. Enfin dehors, il a marché en se cachant la tête, tenant le parapluie si bas que les baleines heurtaient son crâne.

Dans la rue, on courait encore, et le parapluie déglingué lui offrait une double protection : en plus de dissimuler son visage, il lui donnait un petit air de passant ordinaire mêlé par hasard au bordel ambiant (personne ne fuit les matraques avec un parapluie ouvert) et, du coup, peu susceptible d'être repéré par la police.

Il a marché vers le nord, se retenant de courir, un piéton parmi tant d'autres. Il s'est mêlé à la foule, espérant qu'elle masquerait les corps qui défilaient devant les caméras, tel un paravent mobile fait de gens qui couraient d'un côté avec audace ou de l'autre avec précaution, selon l'endroit où se trouvaient les flics. Il a cherché également, sans y parvenir tout à fait, à cacher sous le nylon du parapluie le blouson vert qu'il portait. Ses jambes l'inquiétaient moins, puisqu'il arborait comme tout le monde l'inévitable jean. Il marchait en fixant le sol et en se couvrant le visage de sa main libre, comme contrarié par le désordre ou aux prises avec un mal de dents carabiné.

Cherchant une zone de grande affluence, il est arrivé à Gran Vía. Là, il a pris un taxi, se disant que dans le flot ininterrompu de voitures, on perdrait la trace de la sienne. Il s'est fait déposer près de chez moi. Au lieu de mon adresse, il a donné celle d'une rue qui se trouve à cinq cents mètres (je vis à Las Musas et il a demandé Torre Arias).

Parvenu à destination, il a fait celui qui s'empêtre dans son blouson et l'a enfilé à l'envers, avec la doublure grise à l'extérieur, pour changer d'aspect. Les gens portent des sapes tellement bizarres que ça n'avait rien d'étonnant. Il a payé et a rouvert le parapluie avant même d'être descendu du taxi. Ce qui était justifié, puisqu'il s'était mis à pleuvoir. Il a fait à pied le demi-kilomètre qui le séparait de mon appart.

Dans mon quartier, les caméras ne courent pas les rues, si j'ose dire. Mais par prudence, Manuel a gardé la tête bien à l'abri sous la voûte du parapluie, comme le jaune de l'œuf sous la coquille. Toujours en chemin, pour éviter une géolocalisation délatrice, Manuel a sorti la carte SIM de son portable avant de la balancer dans les égouts. Puis il a jeté l'appareil au fond d'une benne à ordures afin de briser tout lien entre l'objet et sa personne. Il a souhaité ardemment que les éboueurs passent rapidement pour que l'appareil aboutisse sans tarder à la décharge municipale. Ça le flinguait de penser qu'aucune de ces précautions n'avait le moindre sens, puisqu'il avait déjà tenu la vedette dans le film tourné par la caméra de sécurité d'un vestibule. La scène qui avait tout foutu en l'air.

N'ayant plus de portable pour me prévenir de son arrivée, Manuel a sonné en bas. Je ne lui ai pas ouvert, je n'ouvre jamais à personne. Au courant de mes façons de faire, il a pris la sonnette d'assaut. J'ai fini par deviner que quelque chose de grave se tramait. Il était dans un état vraiment merdique. Même son ombre était blême.

4

Il m'a agrippé par la manche sans un mot et m'a traîné jusqu'au fin fond de mon appart de divorcé. Là, devant une pile de linge fraîchement repassé, il m'a tout raconté.

Le pire, c'était le coup de la caméra de sécurité, ce gadget menaçant comme un pistolet laser qui l'avait visé en captant absolument tout.

La police soupçonnerait illico que la fine lame vivait dans l'immeuble et demanderait au proprio s'il reconnaissait le type au tournevis qui jouait dans le film. Il dirait qu'il avait son nom sur sa liste de locataires. Manuel avait eu du mal à convaincre son probloque d'accepter une photocopie de sa carte d'identité pour conférer à son séjour dans l'immeuble une légitimité de papier. Monumentale, la gaffe. Maintenant, on flippait à l'idée que, à la première question de la police, l'homme tire de ses archives le document compromettant. Ils avaient déjà le visage de Manuel dans le gros œil rond de la caméra, et cette enquête des plus sommaires leur donnerait son nom. À la première opération exigeant qu'on montre une pièce d'identité, Manuel serait cuit.

Comme ils avaient déjà sa tronche au poste de police, en aucun cas il ne pouvait la montrer. Il ne devait voir personne et personne ne devait le voir : première mesure de précaution, primordiale et décisive. Interdiction d'échanger un seul mot avec des connus ou des inconnus, aucune créature pourvue d'un acte de naissance ne devait le voir ni l'entendre. Sinon, il dévalerait jusqu'au bout la pente du désastre.

Je suppose que nous avons envisagé tous les deux la possibilité que Manuel se rende aux autorités. Moi, en tout cas, j'y ai songé, sachant à quel point son acte se défendait. Mais on n'a rien dit, ni l'un ni l'autre. À une époque où les garanties offertes par la loi étaient mouvantes, capricieuses et subordonnées à des intérêts partisans, se présenter devant un tribunal pour dire la vérité aurait été un geste d'une naïveté abjecte. Il fallait chercher d'autres voies.

Nous ne pouvions faire appel à personne. Pas un seul nom ne me venait à l'esprit. Il faut dire que je n'ai jamais été très liant. On se ressemble pas mal sur ce point, l'oncle et le neveu. Nous nous sommes tout de suite dit que même si nous avions disposé d'une longue liste d'amis qui ne demandaient qu'à venir à notre rescousse, nous ne l'aurions jamais utilisée. Personne ne devait être mêlé à cette affaire qui exigeait le secret absolu.

À partir de ces sombres prémisses, nous avons commencé à faire des plans, éclairés davantage par les romans que nous avions lus que par toute autre source d'illumination. Certaines des précautions que nous avons prises ne rimaient pas à grand-chose. Mais toutes nous ont paru nécessaires, indiscutables et insuffisantes.

L'action la moins déconseillée consistait à se barrer de Madrid dare-dare. Prendre des distances en attendant que les choses se tassent, fort de l'illusion qui veut que les problèmes se règlent parfois d'eux-mêmes. Manuel devait quitter la ville où on enquêtait déjà sur lui, prendre la route et trouver un terrier dont il ne sortirait plus. Il devait filer cette nuit même, tout de suite. Pour gagner du temps et parce que sa tête et sa plaque d'immatriculation seraient mieux cachées dans l'obscurité.

Nous avons dressé une liste des maigres ressources (économiques, logistiques, locomotrices) dont nous disposions. Manuel avait vingt-trois euros, sa carte d'identité, son permis de conduire, sa carte de Sécu et sa carte bancaire, quelques mouchoirs en papier et son tournevis. Que nous avons lavé avec de l'eau et de l'alcool parce que le bout était tout brun.

Pour ce qui est du fric, j'étais dans une mauvaise passe, je l'ai déjà dit. Mais je pouvais lui offrir une petite somme. Assez petite, en fait. Plus de honte que d'oseille, au bout du compte.

Manuel disposait de ce qu'il avait mis de côté pour inaugurer sa vie indépendante, déjà avortée. Tout était sur un compte courant qu'il avait ouvert en 2013, peu après avoir décroché son premier job. Il avait donné l'adresse de ses parents parce qu'il doutait encore de pouvoir un jour s'établir ailleurs. Des traces en moins. Il fallait retirer les quelques ronds qu'il avait, qui allaient nous être plus qu'utiles. Je me chargerais de l'opération, quitte à trouver par la suite comment les lui faire parvenir. Pas en espèces, les magasins lui étaient désormais interdits, mais déjà convertis en biens de consommation. Le retrait maximal au guichet automatique était de quatre cents euros. En sept visites, prudemment espacées, je réduirais le fonds à zéro. Manuel n'avait rien d'un richard.

Il faudrait ensuite fermer le compte pour éliminer toute trace du garçon. Avec le mot de passe, qu'il a noté à mon intention, sa banque autorisait une résiliation télématique. Je m'en chargerai depuis la maison.

Manuel n'avait plus de téléphone. Gadget indispensable pourtant, puisque ce serait le câble qui, par mon intermédiaire, le rattacherait au monde.

Dans des circonstances normales, j'aurais ouvert une ligne de portable sur Internet. Mais il aurait fallu patienter deux ou trois jours pour que la carte SIM nous arrive par la poste, et nous n'avions pas le temps. Il était seulement sept heures du soir. Laissant Manuel chez moi, j'ai couru à une boutique, où je me suis inscrit avec mon vrai nom et en portant les frais à mon compte bancaire. On m'a attribué un nouveau numéro et un appareil avec une carte. La carte serait pour Manuel et le téléphone, pour personne.

J'avais deux vieux portables chez moi, des téléphones *imbéciles*. Ne sachant pas comment m'en défaire sans contaminer tout le quartier, je les avais fourrés dans un tiroir avec leurs câbles. Ces vieux modèles étaient plus difficiles à repérer par géolocalisation que les plus récents.

J'ai mis les deux à charger. L'un serait pour Manuel, et j'y ai inséré la nouvelle carte avant d'inscrire le NIP. Lui n'appellerait jamais personne. Même pas moi. Il fallait éviter que son numéro figure dans quelque téléphone que ce soit. Ce serait toujours moi qui l'appellerais du second appareil *imbécile*, tout aussi difficile à localiser. Chaque fois, je sortirais ma carte de mon portable pour la mettre dans le vieux. Son numéro n'apparaîtrait nulle part. Nous nous parlerions tous les jours à quatre heures de l'après-midi.

Notre plus gros souci était de savoir où et comment recharger le téléphone qu'emporterait Manuel, qui ne pouvait voir âme qui vive. Par conséquent, il devait fuir les cafés, librairies, centres communautaires et gares d'autocars, tous les lieux, en fait, où il y avait une présence humaine.

Autrement dit, il lui serait difficile de trouver des murs munis de prises de courant.

Moi, je n'ai jamais appris à conduire, et j'ignore tout des voitures. Manuel m'a mis au courant des dernières nouveautés sur l'électricité et les automobiles. Il y avait des possibilités. Mais ce n'était jamais que des bricolages d'urgence, des mesures à court terme qui ne réglaient pas vraiment le problème.

Pendant un certain temps, selon la quantité d'essence qu'il consommerait en route, Manuel pourrait utiliser l'allume-cigare de la voiture pour recharger le portable. J'avais conservé l'adaptateur idoine, sans savoir à quoi il servait. Tant qu'il lui resterait assez d'essence pour démarrer le moteur et alimenter la batterie, Manuel aurait le téléphone. Il pourrait même tenir le coup un peu plus longtemps, jusqu'à ce que la batterie rende l'âme pour cause d'inactivité. Mais un jour ce serait la panne sèche, et la pile s'évanouirait d'elle-même. Nous avons rejeté l'idée de refaire le plein devant du monde en laissant des traces. Pour économiser le jus, nous passerions des appels courts. Manuel éteindrait le téléphone le reste du temps. Et par la suite ? Le problème restait entier. Il y avait d'autres urgences du même genre, un véritable numéro d'acrobaties de haut vol.

Nous avons songé à un danger connexe. Quelque connaissance risquait de signaler la disparition de Manuel. Les candidats étaient peu nombreux, vu son manque de talent pour les rapports interpersonnels. Mais qu'un seul d'entre eux sonne l'alarme et nous serions dans la merdouille. Certes, quiconque signalerait l'étrange absence de Manuel commettrait un louable acte de bonne volonté. Mais en même temps, ce serait une vacherie sans pareille : en effet, les autorités insisteraient sûrement pour savoir si le type évanoui dans la nature était également la vedette de la caméra de sécurité de la rue Montera. Les pistes que fourniraient les connaissances sur l'apparence de Manuel, ses habitudes et ses rapports avec les tiers pourraient se révéler décisives pour l'enquête. La police finirait par frapper à ma porte, puisque tous savaient que nous étions proches. Je ne supportais pas l'idée qu'on lui mette la main au collet par ma faute. Moi seul saurais où il se trouvait et tout psychologue que je sois, rien ne prouve que, interrogé, j'arriverais à faire preuve d'opacité. Il fallait colmater d'avance ces fuites potentielles.

Dans le cas des acolytes de Manuel, on pouvait espérer que l'affection ou la sympathie qu'on lui vouait, le degré d'intimité qu'on avait avec lui n'étaient pas assez forts pour qu'ils songent à prévenir les autorités de son évaporation. Je n'ai pas voulu l'exprimer aussi crûment (pas question de lui saper encore davantage le moral), mais il fallait s'accrocher à l'idée que le fil qui reliait Manuel aux autres était assez lâche. Reste que quelqu'un pouvait s'alarmer et aller bavasser au poste de police. On a commencé à dresser la liste des suspects possibles. Elle n'était pas très longue.

J'ai demandé à Manuel les numéros de ses contacts les plus susceptibles de s'inquiéter pour leur prochain. Je les appellerais et leur raconterais que Manuel avait été admis en désintox parce qu'il était à bout. Le genre de nouvelle qu'on colporte volontiers, surtout si elle ne colle pas du tout à ce qu'on croyait savoir de la victime. Ce qui était évidemment notre cas, puisque Manuel n'avait jamais tâté de la came.

Ils avanceraient peut-être des « mais », diraient qu'ils n'avaient jamais rien remarqué de bizarre chez lui. Je soulignerais alors que s'il était devenu accro à certaines substances, c'était peut-être parce que ses amis n'avaient pas assez fait attention à lui.

Je préciserais ensuite qu'à sa sortie de l'hôpital, ses amis devraient être aux petits soins avec lui mais que, pour l'instant, l'équipe de psychiatrie lui avait interdit de répondre au téléphone. Pas la peine de leur demander de passer le mot, ils le feraient d'eux-mêmes.

Il serait surprenant que mon ex-belle-sœur et son prince consort, j'ai nommé les géniteurs, viennent aux nouvelles. Mais, le cas échéant, je leur raconterais que Manuel avait décroché une bourse de perfectionnement ou un truc du genre. Qu'il devait être en Autriche ou ailleurs et qu'il serait difficile de le joindre. Comme ils n'étaient jamais trop au courant de ce que fabriquait leur rejeton, il était peu probable qu'ils l'appellent. Et si jamais ils faisaient une tentative, bon, la carte SIM de fiston, après avoir parcouru les égouts, devait se trouver à présent dans le ventre de quelque thon de l'Atlantique. Je doutais qu'ils aillent plus loin, franchement. Et si, malgré tout, la police s'intéressait à eux, que papa-maman l'orientent vers Innsbruck.

La mère finirait par me téléphoner, un jour. Mais seulement beaucoup plus tard.

En se rappelant que, au moment de signer son contrat, il avait donné tous ses renseignements personnels à la putain d'entreprise téléphonique, Manuel eut envie de se taper la tête contre les murs. Un autre danger planait : que le coordonnateur du bureau des télénausées dénonce son absence. S'il faisait appel aux autorités, il soulèverait un lièvre.

Même remarque pour le proprio. Il était tout de même possible (même si c'était presque trop beau pour être vrai) que la police ne songe pas que l'inconnu du film pouvait être un habitant de l'immeuble et que, par conséquent, elle néglige les vérifications d'usage. Mais il se pouvait aussi que le type aille de lui-même au poste de police cafarder le locataire qui s'était volatilisé sans payer. Nous tâchions de nous convaincre qu'il n'en ferait rien. Au premier soupçon, il ouvrirait le trou à rat et y trouverait l'ordi flambant neuf et les 200 euros que Manuel avait laissés derrière, les empocherait en guise de paiement pour les quelques jours de résidence de son locataire et refilerait le cagibi à un autre. Affaire classée.

Espoirs improbables, dans les deux cas. Mais nous n'avions d'autre choix que de compter sur la demande féroce d'emplois et de logements qui faisait que des légions de nécessiteux se pressaient aux portes ; ni le boss de Manuel, ni son probloque ne prendrait la peine de signaler sa disparition et de lancer la police à ses trousses. Mais rien ne nous garantissait que la chance nous sourirait.

Je lui ai coupé les cheveux pour lui changer la tête. La boule à zéro, ou presque. Manuel s'était présenté chez moi avec les vêtements qu'il avait sur le dos, et j'ai dû lui prêter des fringues. Sensation étrange et violente que de refiler ses slips à un neveu. J'en ai dégoté qui n'étaient pas trop défraîchis. Je lui ai également donné un pantalon, quelques chemises, une veste et des bottes. Des vêtements insipides et assez formels qui, tout en étant à sa taille, n'étaient nullement conformes à son style. Manuel serait un fugitif au look sérieux. Si la police l'arrêtait, son habillement le ferait passer pour un partisan de l'ordre.

À minuit passé, nous avons réuni des objets que nous estimions utiles : un sac de couchage, un canif, des allumettes, une brosse à dents. On aurait dit des boy-scouts s'équipant pour une nuit à la belle étoile. Mais il fallait que Manuel se casse au plus vite et on voulait éviter que le lendemain, ou le surlendemain, il se morde les doigts en pensant qu'il aurait dû voir venir.

Nous avons vidé mon frigo et mon garde-manger. Avec la nourriture et les autres articles, nous avons rempli un gros sac en raphia bleu de chez IKEA. J'ai remis à Manuel les cinquante-deux euros que j'avais à la maison. Cela dit, pour les dépenser, il devrait s'adresser à un être humain. Il ne les sortirait donc que dans une situation désespérée, du genre de celles où il vaut mieux se rendre que de poursuivre sa route.

Nous sommes descendus récupérer la voiture de Manuel. N'ayant pas trouvé à la garer dans le centre, il l'avait laissée tout en haut de l'Avenida de Arcentales. Autrement dit, à deux bornes de chez moi. Pour éviter que le type du tournevis laisse des traces dans mon coin, nous sommes allés prendre un taxi à Julián Camarillo au lieu d'en appeler un. Manuel a fait le trajet en feignant d'avoir un rhume d'été, le visage couvert d'un mouchoir pour que le chauffeur ne le voie pas dans le rétroviseur.

Nous sommes arrivés à sa voiture. Évidemment, la plaque d'immatriculation pouvait mettre quelqu'un sur sa piste. Mais même si c'était risqué, nous n'avions guère le choix. Nous devions nous en remettre à l'obscurité de la nuit et à la myopie des flics.

À trois heures du matin, Manuel et moi nous sommes séparés devant sa petite bagnole d'occasion. Je l'ai serré fort dans mes bras, mais j'ai toujours pensé que j'aurais dû le serrer beaucoup plus fort. C'était peut-être la dernière fois que j'allais pouvoir m'offrir ce luxe.

5

Le sort en était jeté et Manuel devait faire face aux aléas de la situation : « ALEA JACTA EST », comme on dit si bien.

Il s'est dirigé vers le nord. Il se souvenait d'avoir entendu parler de grandes poches de dépeuplement et de villages carrément abandonnés dans le sous-plateau septentrional, près de la source du Duero et dans la *Serranía celtibérica*, dite « Laponie espagnole ». Il roulait à vitesse plus que modérée pour éviter les bruits stridents. Aussitôt qu'il a pu, il a quitté les grandes routes au profit de modestes départementales. Au bout de deux ou trois heures, le jour a commencé à poindre. La lumière révélait des plateaux de plus en plus terreux et dénudés. Manuel transpirait, à l'affût de hameaux où il verrait moins de vacarme et entendrait moins de lumières.

À sept heures du matin, vanné, balançant entre l'avancée et l'ancre, il a engagé la voiture dans un sentier au bout duquel il devinait un bosquet d'arbres. Il s'est arrêté juste en dessous des cimes et s'est abandonné au sommeil avant que son cerveau commence, faute de repos, à fabriquer de l'acide lysergique. La dernière chose qu'il a vue avant de sombrer, c'était que le portable fonctionnait. Jusqu'à nouvel ordre, il était donc en communication avec moi, ce qui était déjà beaucoup.

Il s'est réveillé un peu avant midi avec une sensation de paix qui n'a duré qu'un instant, le temps de voir apparaître la faim, les frissons, la désorientation et le film intégral des événements de la veille. Il est sorti de la voiture. À cent mètres à peine, il a vu les toits d'un hameau qu'il devina vide de vie humaine. Il est allé se rendre compte, marchant sans bruit, tête baissée au cas où quelqu'un apparaîtrait. S'il sentait qu'il n'y avait personne, il pourrait y passer quelques heures. Il mangerait un morceau et dormirait couché plutôt qu'assis, à un endroit où il ne sentirait pas l'assainisseur d'air de la voiture.

Il avait vu juste. Le village était un vestige abandonné et sans âme qui vive, un parmi ceux qui fourmillent en Espagne de nos jours. Un trou perdu composé de six rues et six ruelles. Suivant la volonté de Manuel, je tairai son vrai nom. Appelons-le Zarzahuriel, au sens figuré, une dénomination inventée et arbitraire. Il s'écoulerait encore beaucoup de temps avant que je me rende sur les lieux.

À en juger par l'état des bâtiments, Zarzahuriel était abandonné depuis au moins vingt ou vingt-cinq ans, précédés de quatre ou cinq décennies de langueur paralysante. Pendant qu'il était en vie, le hameau n'avait pas mérité d'église, seulement une chapelle sommaire avec une nef sans relief, une cloche sans clocher et un linteau sans ornements. Une vingtaine de maisons étaient regroupées en sept ou huit petites grappes. Un toit sur dix environ s'était effondré. Ailleurs, c'était un pan de la façade, voire la maison au grand complet. Deux structures sur trois (rez-de-chaussée, quelque élément de l'étage, grenier) tenaient par miracle. Quatre ou cinq d'entre elles, mieux conservées, semblaient témoigner de la dernière vie habitée du hameau, à en juger par leurs revêtements relativement intacts, leur charpente plus ou moins entière et leurs volets munis de barreaux métalliques dont la peinture était seulement à moitié écaillée. Tous les volets étaient clos, mais aucune maison ne semblait entièrement inaccessible.

Parmi celles qui tenaient plus ou moins le coup, Manuel en a remarqué deux, collées l'une à l'autre. Chacune comportait un rez-de-chaussée et un étage, plus un grenier et sa toiture. L'une d'entre elles semblait même avoir été mise au goût du jour (il y avait une éternité, toutefois). Elle avait une façade bleue avec un balcon et des cadres de fenêtres en aluminium argenté. Les gouttières étaient toujours en place, et on voyait une serrure dont le barillet brillait encore, comme s'il avait autrefois été le dernier objet en acier arrivé au hameau. Aux yeux de Manuel, elle semblait habitée, même si elle était fermée. On l'avait abandonnée, mais pas totalement. Il l'a éliminée, de crainte que quelqu'un se pointe en pleine nuit et l'oblige à se sauver par la fenêtre.

Sa jumelle était moins bien conservée (rénovée il y avait deux éternités). C'était un édifice au revêtement brut et aux embrasures en ciment, où on entrait beaucoup plus facilement. Elle avait une porte de bois à moulures, peinte en vert, et pour toute protection, une chaîne sans cadenas, nouée entre un trou dans le cadre de la porte et un autre dans le panneau central. On voyait bien que cette maison n'abritait aucun objet de valeur. On voyait bien que personne ne viendrait la défendre. On voyait bien que personne ne viendrait.

Manuel a retiré la chaîne et est entré. D'après ce qu'il m'a raconté par la suite et ce que je verrais de mes yeux plus tard, la maison était d'un style qu'un passant interrogé au hasard aurait peut-être appelé « anti-rustique ». En effet, de ce qui devait être sa composition traditionnelle, il ne restait presque rien. Sa mise à jour datait de l'époque où les villageois, vers le milieu du XXe siècle, ont cherché à faire des intérieurs pareils à ceux qu'on voyait en ville (nettement plus pratiques, il faut dire). Tout un chacun avait alors balancé les vieux éléments folkloriques, à la recherche d'un peu de commodité après des siècles d'austérité, et bonjour le plastique, la bakélite, le formica, la mélamine et l'acier inoxydable, bienvenue au sintasol et au terrazzo et aux plinthes marbrées pour éviter que les dossiers des chaises endommagent le revêtement. Cette modernisation maintenant dépassée avait dû donner aux ultimes habitants du hameau la sensation fascinante d'assister au premier changement en profondeur du paysage visuel domestique en quatre ou cinq siècles de vie rurale.

Il n'y avait presque rien à l'intérieur. Seulement des vieilleries méprisées, des machins que personne n'avait jugé bon de sauver. La maison respirait une précarité saisissante. Le summum, dans le salon, était une étagère rabibochée faite de deux planches, pas une de plus, je n'exagère pas, une courte et une longue. La longue était debout, la courte clouée à la perpendiculaire, à mi-hauteur. Un H partiel, appuyé dans un coin où le *meuble* tenait par miracle.

Il y avait quelques effets un peu moins indignes. Les machins achetés en ville lors de la dernière mise à jour, mauvaises imitations du confort à l'ancienne. Une armoire de cuisine pendait d'une cloison du salon. Au formica bleu des portes, on avait fixé des poignées d'aluminium aérodynamiques, contrastant fortement avec le hameau on ne peut plus anti-dynamique. À l'intérieur il y avait, comme toujours, une épingle à cheveux et un briquet sans gaz.

Personne n'avait voulu se coltiner l'espèce d'armoire géante avec un minibar au milieu, des tiroirs en dessous et des étagères pour les livres au-dessus et sur les côtés, le tout fait en aggloméré de simili-bois. Un de ces mastodontes qu'on trouvait chez tout le monde jusqu'en 1965 et qui, au moment où on a cessé d'en fabriquer, restaient sans nom précis dans les annales de l'ébénisterie. « Meuble mural », disaient vaguement certains.

À côté du salon se trouvait la cuisine, carreaux jaunes et blancs, plan de travail et évier en fausse pierre d'une seule pièce. La table, elle aussi en formica, était toujours là, trop crasseuse sans doute pour qu'on ait voulu l'emporter dans la nouvelle maison. Un coin tout noirci, sous une pyramide en tôle, signalait l'endroit où on avait sans doute fait du feu durant des années. C'était une cheminée ouverte, accompagnée d'accessoires cradingues : deux trépieds, une pince et une pelle à cendre.

La salle de bains, avec sa céramique verte à mi-mur et ses toilettes de l'époque de la Transition, sentait la stagnation après des décennies passées à croupir dans la solitude. Rien de plus à signaler.

Gagnant l'étage par l'escalier de ciment, Manuel est tombé sur une chambre où gisait un lit haut et étroit comme un cénotaphe. Le centre de son matelas à ressort accusait la pression du cul des années. Il était recouvert d'un couvre-lit en crochet dense dont la confection avait dû meubler agréablement les soirées.

Comme au rez-de-chaussée, il y avait diverses petites pièces à l'usage indéterminé. Des sacs vides du Pryca, hypermarché mort au siècle dernier, les meublaient toutes.

Une échelle de fer féroce menait au grenier. Sous son toit en bâtière, on ne pouvait tenir debout qu'au centre de la pièce (Manuel, de stature modeste, avait une plus grande liberté de mouvement). Dans chacun des plans inclinés s'ouvrait une lucarne d'un empan. Depuis l'une, on voyait la cour arrière de la maison et une bonne partie de celle de la maison voisine. L'autre offrait une vue plongeante sur la rue. Manuel n'a rien trouvé d'autre dans la pièce. Que les lattes du plafond et du sol et les tuiles du toit qui grondaient. Jusqu'à ce que ses yeux tombent sur un drôle de paquet abandonné dans un coin, à côté d'une infiltration. Tirant sur le plastique autrefois transparent qui le recouvrait, maintenant légèrement opaque à cause de la poussière mêlée à l'eau, il a mis au jour une possession tellement prisée qu'on n'avait pas jugé bon de la mettre dans le camion du déménagement définitif.

Il s'agissait de cent volumes d'une édition brochée. Manuel m'a raconté que c'était des livres de la maison d'édition Austral, avec des couleurs différentes selon le genre : les essais en vert, les romans en bleu, les classiques en gris et ainsi de suite. Ils gisaient sur le sol, bien alignés, avec l'humidité de la fuite qui leur léchait les pieds. Ils ne donnaient pas l'impression d'avoir été achetés. De fait, aucun détail de la psychodécoration de la maison ne laissait croire que les anciens habitants étaient des lecteurs avides.

C'était peut-être un prix auquel on n'attachait pas de prix, remporté dans un concours radiophonique, un ballot de cellulose vendu par un chiffonnier ou encore le mode de paiement d'un produit ou d'un service que ces gens avaient été contraints d'accepter, faute de mieux. Ou encore le contenu d'une caisse tombée d'un train de marchandises ou piquée dans la remorque d'un camion. Une chose était certaine : leur propriétaire ne les avait même pas ouverts. Sur eux, pas une seule putain de tache.

Après cette inspection initiale, Manuel est redescendu. Il sentait dans sa glande pituitaire la pastille de poussière et d'âge qui s'y incruste quand on respire au milieu des vieilleries. Il a ouvert toutes les fenêtres et tous les contrevents dont les ferrures n'étaient pas obstinément bloquées. Puis il est sorti dans la cour, qu'il avait aperçue depuis le grenier.

C'était une enceinte de terre en friche de vingt pas sur vingt, avec une grille qui s'ouvrait sur la rue derrière la maison. Elle était délimitée par un muret en pierres de taille dont on avait porté la hauteur à deux mètres et demi environ en le surmontant d'une clôture en claie métallique datant du siècle passé. Dans un coin, Manuel a vu un appentis au toit en fibrociment qui lui permettrait de cacher sa voiture. Autour de cette structure foisonnaient des briques empilées, des pieux, des bâtons en plastique, de la ferraille, quelques outils tordus et un échantillonnage de rogatons dont Manuel ignorait jusqu'au nom (« un genre de cube, un genre de bâche, un genre de machin »). D'un côté, un triste étendoir tenait vaguement le coup. La seule végétation était un ramassis de mauvaises herbes. À une exception près : une vigne double qui couronnait la porte entre maison et terrain comme une sorte de baldaquin, et d'où pendaient quelques raisins encore acidulés.

Manuel a vérifié que la grille menant à la rue n'était pas cadenassée et qu'elle s'ouvrait facilement. Il est allé chercher la voiture et l'a cachée dans l'appentis. Un réservoir d'essence s'y trouvait. Ce qui avait une incidence directe sur notre connectivité. À toutes fins pratiques, son portable fonctionnerait maintenant à base de fioul, comme un tracteur.

Il a saisi le sac de raphia bleu et est retourné à l'intérieur. Depuis qu'il avait tout ouvert, l'ambiance s'était transformée : la campagne *extra-muros* avait envahi la maison et l'avait remplie d'un air aussi propre que celui d'un laboratoire.

Un air qui purifiait, parce qu'il semblait tout mouiller sans humidité et qu'il charriait la douce odeur du neuf.

Évidemment, la maison ne disposait ni d'eau courante ni d'électricité.

Manuel s'est rendu à la cuisine et a sorti une brique de lait et du café soluble du sac amical. Ayant tenté en vain de faire un feu pour brûler les immondices qu'il avait trouvées sur le sol, il a préparé le café à froid. En le buvant, il s'est appliqué à regarder les choses du bon côté : il n'y aurait dans le coin ni rats, ni cafards, ni poux. Des bestioles liées à la concentration humaine et qui l'horripilaient.

Je l'ai appelé à quatre heures. Il m'a raconté tout ce que je viens de rapporter, comme il le ferait chaque jour désormais. Il est monté au grenier, s'est choisi un livre d'Austral et l'a glissé dans sa poche. Il est redescendu et s'est mis à lire, assis par terre dans le salon, à l'abri du grand meuble mural. Quand la nuit est tombée, il s'est couché dans le haut lit à l'étage. Le couvre-lit crocheté, vieux comme le monde, le dégoûtait bien un peu. Mais à l'aube, quand la fraîcheur a redoublé, Manuel s'est agrippé à l'objet comme s'il était flambant neuf.

Il a passé les deux jours suivants à explorer son environnement immédiat, à manger les provisions du sac et, surtout, à traquer toute trace d'une éventuelle présence humaine. Je lui posais toujours la même question : s'il était tombé sur quelqu'un ou sur les indices d'une menace. Rien. Personne. Plus Manuel me confirmait qu'il avait atterri en pleine *déshabitation* galopante, comme disent les sociologues et les journalistes, plus je l'encourageais à rester là, en sécurité. Évidemment, il n'était en lieu sûr nulle part, mais le village évidé semblait un refuge moins fienteux qu'un autre. S'il n'y avait personne en été, lui faisais-je valoir, il n'y aurait jamais personne. Je sentais à l'autre bout du fil une hésitation qui traduisait son envie de poursuivre son chemin. Mais il voyait bien que j'étais terrorisé, non sans raison, et le bon sens a fini par triompher.

Le troisième jour, il a décidé d'y passer un quatrième, avec un cinquième en perspective et sans exclure la possibilité d'un sixième qui le conduirait à un septième. Il lui restait des provisions pour tenir jusqu'au huitième et, si on était optimistes, le portable survivrait un autre cycle. Par la suite, si nous ne résolvions pas le problème de l'approvisionnement vital et de la batterie, nous pouvions aller nous carder les poils pubiens. Les vivres et l'énergie n'allaient pas nous tomber du ciel.

Ça faisait trois jours que je paniquais à l'idée d'ouvrir les journaux. Terreur que j'ai dû surmonter : sans nouvelles, impossible de savoir à quoi nous attendre. J'ai fini par vaincre ma peur et allumer l'ordinateur. La manif, ai-je lu, s'était soldée par quatre policiers atteints de blessures légères. Dans un sens, j'ai été soulagé.

Plus bas, par contre, on signalait le fait qu'un cinquième agent avait subi des blessures graves. À en juger par le ton de l'article, on parlait de très gros dégâts. Manuel nageait dans la poisse.

J'ai décidé de ne pas lui raconter ce que je venais de lire. En le mettant au courant, je ne favoriserais en rien l'opération cachette. En fait, ça lui aurait fait du tort au moment où nous devions garder la tête froide tous les deux. La tête ou ce qui nous en tenait lieu.

6

De la vie dans un village dépeuplé, Manuel en savait autant que sur le raccommodage des toiles d'araignée : que dalle. Par contre, pour ce qui est de la résolution de problèmes au quotidien, il était calé. Il allait s'en sortir.

Juste en dehors de Zarzahuriel, il y avait une fontaine. Comme il me le raconterait plus tard, un filet d'eau sortait d'un tuyau en laiton. J'ai trouvé ça étrange dans un bled abandonné. Mais je me suis renseigné et il paraît qu'il y a des becs d'où jaillit non pas l'eau dont on a détourné le cours, mais celle qui court dessous, parce que la fontaine a été aménagée suivant le cours naturel de la veine (généralement souterraine). Le dernier habitant à quitter les lieux aurait pu boucher le tuyau, mais l'eau aurait continué de couler de toute façon, avec les risques d'inondation que ça suppose. Quoi qu'il en soit, personne ne s'était donné cette peine.

Le débit était relativement faible, peut-être deux litres par minute, mais Manuel avait tout le temps du monde pour remplir la bouteille qu'il avait apportée de Madrid. L'eau était si bonne, m'a-t-il dit, qu'on en sentait la qualité au simple contact de la main. Et en faisant sa toilette sur place, comme s'il s'agissait de son lavabo aménagé en pleine rue, il en savourait l'excellence sur toute sa peau.

Dès le premier ou le deuxième jour, il est allé chercher du bois. L'été était doux, mais il y avait toujours quelque chose à faire chauffer sur le feu. Il a vidé le sac de raphia et s'est dirigé vers un des fourrés qui entouraient Zarzahuriel, évitant systématiquement le réseau routier et les sentiers trop bien tracés. Il riait tout seul à l'idée d'aller quérir du bois dans la forêt comme dans ces contes édifiants à l'intention des tout-petits.

J'ai lu sur Internet que les frênes et les chênes dominaient dans la région, mais que des pins y poussaient aussi, ressources qu'on avait exploitées tant qu'il y avait eu du monde par là. Parce que personne n'en avait ramassé depuis belle lurette, Manuel a trouvé sur le sol quantité de branches mortes de mort naturelle, arrachées par le vent ou tombées à cause du poids de la neige, et qui allaient servir de colostrum pour son feu nouveau-né. Elles étaient si sèches et si légères que Manuel pouvait les casser d'une simple pression du pied. Plus tard, il a commencé à ramasser des morceaux plus substantiels, moins abondants au ras du sol.

Ceux-là, il fallait les débiter. Comme l'âtre était ouvert, il n'était pas obligé de couper les grosses branches en tout petits morceaux. Tout de même, il fallait les tailler un peu. Manuel disposait d'une scie cariée et d'une hachette avec un manche de quarante centimètres qu'il avait découvertes dans la cour, enterrées au fond d'une auge remplie de petites pièces d'assemblage désassorties et toutes graisseuses. Avec de si pauvres armes, son bras et son dos souffriraient forcément le martyre. Mais Manuel s'y est lancé à fond. Il n'avait rien d'autre à faire. Quand il s'arrêtait, toutes les quinze ou vingt minutes, il était à moitié mort. Mais en même temps, il sentait une satisfaction voisine de celle de l'athlète qui brutalise sa fibre à des fins tonifiantes. Il adorait passer des heures à se faire suer la viande. « Je commence à avoir des nichons », disait-il.

Il lui fallait aussi faire le fumiste. Au début, accroupi devant l'âtre, il se battait contre les flammes. Non pas pour les éteindre, comme on le voit au journal télévisé, mais pour les attiser. Les feuilles sèches, les petits bâtons, les écorces brûlaient bien. Par contre, s'il s'y essayait avec des bouts de bois plus conséquents, tout se gâtait. Quand il empilait de grosses branches et tenait le briquet contre leur dos, elles semblaient exaucer dans un premier temps son désir de les voir ardre avec ferveur, mais elles se ravisaient presque tout de suite.

Manuel a donc employé la bonne vieille méthode essai-erreur, tout comme il l'avait fait durant son existence urbaine : des expériences nourries de notes, des diagrammes. Non sans plusieurs accès de toux à en ébranler les murs, il a fini par comprendre qu'il fallait aller du plus petit au plus conséquent, du papier aux bûches en passant par les herbes sèches, brindilles, branchettes, ramilles et bâtons divers. Il faisait prendre la mixture en soufflant dessus ou encore en agitant un calendrier de 1981 qu'il avait trouvé dans l'ancien tiroir à couverts. Peu à peu, il a parfait son étude de la *Flammologie* et de la *Cheminéutique*.

Afin d'éviter qu'un passant éventuel voie de la lumière dans la maison, Manuel devait impérativement fermer les volets de la fenêtre de la cuisine s'il faisait du feu la nuit. Nous n'avons pas trouvé le moyen, par contre, de masquer la fumée qui sortait de la cheminée. Heureusement, elle avait le temps de se disperser presque entièrement avant de dépasser la hauteur des arbres. La configuration était de notre côté. Tant que personne n'entrerait dans Zarzahuriel, en tout cas.

Sans électricité, Manuel ne pouvait se fier qu'à la lumière du soleil et à celle de son esprit. À partir du crépuscule, il avançait à tâtons dans la maison plongée dans l'obscurité, le tibia prudent et l'ongle explorateur, développant des capteurs dans les doigts et les orteils. Quinze marches menaient à l'étage (six + trois + six). Manuel montait en les comptant dans la nuit noire, et il n'a jamais trébuché.

Il apprenait à se débrouiller dans ce hameau chiche en ressources. Pas le choix, après tout.

Restaient deux problèmes qui me tenaient éveillé la nuit. L'alimentation de Manuel et celle de son portable.

La nourriture qu'il avait emportée de chez moi était presque épuisée, et il fallait lui en trouver d'urgence. Depuis sa sortie de Madrid, il n'avait pas dépensé un seul euro. Mais il ne pouvait se rapprocher d'un magasin, d'un café ou d'une station-service où on risquait de le reconnaître. Et les biffetons lui serviraient au mieux de marque-pages.

Pour la même raison, pas la peine de lui envoyer l'argent que j'avais commencé à retirer de son timide compte courant en me rendant régulièrement au distributeur automatique. De toute façon, je n'aurais pas su comment faire.

Il fallait trouver le moyen de convertir ce petit pécule en denrées alimentaires, seul moyen de le rendre utile. C'est surtout à moi qu'il servirait, en fait, parce que si j'avais dû mettre la main à la poche pour nourrir mon neveu, ç'aurait été l'éclipse totale du pain.

Enfin, au terme d'une énième nuit blanche, j'ai eu mon eurêka. Il y avait un Lidl dans une ville dont je tairai le nom, à un nombre de kilomètres de Zarzahuriel que je me garderai de préciser. Je ferais les commandes par Internet, à partir de mon ordinateur. Chaque mois, je demanderais une liste de produits convenue à l'avance avec le clandestin, et je réglerais l'achat en ligne en portant les frais à mon compte. La commande serait livrée à mon nom à l'adresse de la rue X, à Zarzahuriel, parmi les livraisons ordinaires.

J'ai quitté le lit d'un bond pour aller consulter le site du supermarché. Pour les commandes, tout se faisait par Internet. Le matin venu, j'ai tout de même appelé au Lidl en question, histoire de me renseigner de vive voix et surtout de leur donner quelques indications susceptibles de réduire les risques.

J'ai dit que je voulais passer des commandes régulières. En général, je ne serais pas à la maison pour réceptionner la marchandise : j'y allais seulement le dimanche, jour où il n'y avait pas de livraison. Mais, ai-je dit en feignant l'empathie, on n'avait qu'à laisser les sacs à la porte le samedi après-midi, vu qu'il n'y avait personne dans le coin pour me piquer ma boîte d'anchois. Quoi qu'il en soit, comme j'aurais déjà réglé par carte de crédit, tout le monde y trouverait son compte. Si Manuel se cachait à l'intérieur le samedi après-midi, le livreur ne le verrait jamais. De fait, personne ne devait le voir.

Toutes les traces de l'opération remonteraient ainsi vers moi et moi seul, citoyen ordinaire n'ayant jamais eu d'échange acrimonieux avec la police. D'un ton naturel, j'ai fait dévier la conversation sur ma famille. Nous étions cinq, ai-je précisé. Autrement, on aurait pu trouver bizarre qu'un homme seul, qui n'allait à Zarzahuriel qu'un jour par semaine, commande autant de bouffe. Au passage, sympa comme tout, j'ai laissé tomber sur le ton de la confidence qu'un de mes fils, qui préparait un concours, restait parfois dans le bled durant la semaine pour bûcher. On ne devait donc pas s'étonner de voir de la fumée sortir de la cheminée un mercredi. Le type du Lidl n'en avait rien à cirer, de l'histoire de ma vie. Et par la suite, personne du supermarché ne passerait jamais dans le coin, sinon pour livrer la commande, le jour dit. Mais j'étais déterminé à assassiner le soupçon dans l'œuf en fournissant toutes les explications possibles et imaginables, qu'on me les ait demandées ou non. Tout pour éviter d'éventer le secret.

Ô Christ, le prix de la livraison.

Je versais sur mon compte l'argent que je retirais de celui de Manuel. Sans ses économies des deux dernières années, il se serait bientôt trouvé à court de Lidl.

Nous avons dressé une première liste. C'était seulement la deuxième fois que Manuel faisait ses courses en tant que citoyen émancipé – durant son bref séjour rue Montera, il n'y était allé qu'une fois. Nous avons opté pour un panier standard, avec les choses qu'aiment les gens de son âge, des produits variés pour qu'il puisse manger sainement, plus quelques friandises glissées entre une boîte et un paquet.

Sans frigo, et au rythme d'une commande par mois, la consommation de viande et de poisson frais serait limitée à la première semaine. Après, il faudrait se débrouiller autrement. L'automne venu, le froid permettrait de prolonger un peu leur durée de vie.

Quant au pain, Manuel était plus ou moins foutu. L'aliment quotidien au sens biblique serait réservé aux jours suivant immédiatement la commande parce qu'il serait bientôt dur comme roche. Le pain de mie durerait un peu plus. Mais en général, Manuel devrait se passer de cet aliment sacré.

Nous n'avons pas non plus oublié les articles de toilette : savon, gel, shampoing, alcool. Une éponge. Et quelques produits de nettoyage : savon à vaisselle, tampons à récurer, détergent, lavette. Un balai.

Le Lidl avait un rayon d'articles non comestibles, un rien de quincaillerie, un soupçon de linge de maison, quelques articles de papeterie et un certain nombre d'ustensiles de cuisine. Nous avons ajouté à la commande plusieurs articles pratiques : une poêle, une casserole à couvercle, des assiettes, plates et creuses, des couverts. Un seau et une bassine en plastique, une petite lampe de poche avec des piles, des pinces. Une serviette, des draps, du papier, un crayon et un stylo bille. Des rasoirs jetables, qu'il faudrait employer sans miroir. Un bidon d'eau de cinq litres que Manuel pourrait réutiliser pour que la cruche n'ait pas tant à aller à la fontaine.

J'ai noté, passé et réglé la commande. Ce samedi-là, Manuel s'est enfermé dans la maison. À cinq heures, une fourgonnette s'est arrêtée devant. Le livreur a tout laissé à la porte et est reparti sans incident. Tous les mois, le manège se répéterait.

Rien qu'à l'imaginer ce samedi soir à savourer un bon repas au lieu de se farcir n'importe quoi, j'ai eu un sourire pareil à une saucisse aux bouts retroussés, large comme une assiette. J'étais aux anges de me voir, moi dont ce n'est vraiment pas le fort, régler des problèmes pratiques. Et au diable les Ressources humaines. Tout ça grâce à Manuel.

L'hypermarché avait beau être bien approvisionné, il y avait des articles indispensables qu'on n'y proposait pas. Il me faudrait trouver un autre moyen de lui envoyer du paracétamol, du fil et une aiguille, un aiguisoir pour la hache. Des articles de première nécessité, c'est sûr, mais je ne voulais pas multiplier les fournisseurs. Traiter avec le Lidl était déjà risqué, il n'était pas question de nous exposer davantage. Moins Zarzahuriel serait fréquenté, mieux nous nous porterions.

7

À partir du lundi suivant, l'essence, source d'énergie pour le téléphone, vint à manquer. Dès lors, nous dépendions entièrement de celle que nous donnerait, avant de rendre l'âme faute de servir, la vieille batterie de la bagnole. Sans alimentation, elle tiendrait une semaine tout au plus.

Nourrir le portable affamé, voilà donc le dossier le plus urgent. Le téléphone était l'unique lien qui rattachait Manuel au monde extérieur pour qu'il me tienne au courant et, avec mon aide, mette au point des solutions. Et puis, merde, c'était aussi le fil qui nous permettait de nous sentir un peu moins tristes, l'un privé de l'autre. Avant chaque appel quotidien, nous dressions une feuille de route où figuraient les sujets à aborder, afin de les lancer sans temps morts qui gaspilleraient de précieuses secondes d'énergie.

À la fin du mois de juillet, durant la période de grâce dont l'appareil nous a fait cadeau avant de mourir, Manuel m'a raconté quelque chose que j'ai d'abord pris pour une bonne blague.

La nuit où il s'était enfui, plus mort que vif, il avait éteint les phares de la voiture dès que l'aube avait commencé à poindre. Il tombait de sommeil, mais la lumière du matin l'avait un peu revigoré. Pour la même raison, il avait apprécié le clignotement des ampoules qui éclairaient les panneaux de signalisation. Ils étaient alimentés par des panneaux solaires de taille variable, montés dans les airs. Les derniers qu'il se rappelait avoir vus avant d'interrompre sa route se trouvaient à une distance qu'il était possible de franchir à pied. En rebroussant chemin, il croyait pouvoir y retourner. La nuit précédente, il était parti à leur recherche. Avec son tournevis.

Il n'était pas du tout convaincu de pouvoir s'emparer de la technologie en question, et même s'il réussissait l'exploit, il doutait qu'elle permette de recharger un portable, mais il est tout de même parti jeter un coup d'œil.

Pour démonter les composantes et les transporter *pedibus* sans qu'on soit témoin de sa douteuse entreprise (ici, l'absence de circulation jouait en sa faveur), il fallait opérer de nuit. Mais voilà, en juillet le soleil se couchait tard et se levait tôt. L'été ne lui offrait que six heures de nuit véritable. Selon les distances que Manuel avait en mémoire, il devrait parcourir au moins dix kilomètres aller et dix kilomètres retour, marchant à travers champs pour éviter les voitures et trébuchant dans l'obscurité. Cinq heures de marche et une petite heure pour le travail. Il s'est mis en route. « Je vais passer de l'ombre à la lumière ! » disait le petit futé.

Au bout de huit ou neuf kilomètres, Manuel est tombé sur un premier panneau, rattaché, hélas, à des caméras de circulation. Il ne s'agissait pas de se faire enregistrer en train de dévisser l'équipement ministériel. Il avait déjà joué le premier rôle dans un film d'action, rue Montera, et il en avait soupé du cinéma pour l'instant.

Un peu plus loin, il a trouvé un ensemble qui lui convenait. À la lumière masquée de sa nouvelle lampe de poche, il s'est mis devant, guettant les bruits de moteur. Sa cible comportait un panneau portatif de vingt-cinq centimètres sur quinze, fixé à 2,5 mètres de hauteur sur un poteau où on voyait trois plaques : une sur laquelle un cerf, représenté de profil, sautillait, une à fond bleu avec un écriteau blanc où on lisait « 80 », et une troisième plus petite qui disait : « 2 km ». Tout un attirail qui a aidé Manuel à grimper, les pieds accrochés au revers des plaques. En l'imaginant qui se hissait jusqu'au sommet d'un poteau de signalisation pour pouvoir se bricoler une installation électrique dans la maison délabrée qu'il squattait, j'ai commencé à comprendre que Manuel se sentait relativement en sécurité à Zarzahuriel. Il semblait avoir l'intention de s'y installer à demeure. Et toute option qui le mettait à l'abri était pour moi la bienvenue.

Parvenu en haut du poteau, il a desserré les fixations à l'aide de son outil-amulette et des pinces du Lidl. Il a subtilisé ses cinq trésors : le panneau solaire, la boîte de jonction avec son régulateur de charge et les trois batteries. Moi, je n'y comprenais que dalle alors, mais j'apprendrais bientôt à assurer. Pas le choix, vu qu'on n'était pas sorti de l'auberge.

Il nous manquait un machin appelé inverseur de source (« ou encore convertisseur photovoltaïque », m'a dit Manuel). Il faudrait l'acheter dans un magasin dont il m'a fourni les coordonnées, et le lui faire envoyer à Zarzahuriel. Pas d'autre moyen.

Je n'aimais pas du tout ça. Mais c'était l'occasion de lui faire parvenir les articles que le Lidl ne proposait pas. Sinon, pour ce qui était d'être en contact, on pourrait repasser. J'ai donc accepté à contrecœur.

Il faudrait que ce soit le dernier envoi, l'envoi définitif. J'ai récupéré ma liste des produits qu'on ne trouverait jamais dans notre hyper de référence. Sachant que nous n'avions qu'un seul tir, nous en avons profité pour ajouter une cafetière italienne et nous épargner le Nescafé. Un cadenas à clé pour la chaîne à l'entrée. Un autre pour la grille de derrière la maison, pour éviter qu'un curieux entre et détecte des signes de présence humaine. Deux tubes de colle, de celle qui ne s'évapore pas, pour attraper les souris qu'il avait vues rôder autour de la boîte où il rangeait la charcuterie.

Le système du panneau avalait la lumière durant le jour et continuait à alimenter le courant après le coucher du soleil (logique, vu que c'est surtout la nuit que la visibilité était un enjeu). Ce qui ouvrait des possibilités intéressantes à celui qui en possédait un. J'ai ajouté au paquet une prise multiple, du ruban isolant, quelques mètres de câble et deux lampes LED à pince. Le but principal était de charger le portable, mais pourquoi ne pas générer également un peu de lumière électrique pour avoir le plaisir de lire nuitamment quelque Austral ?

J'ai réalisé à temps que je ne pouvais pas envoyer le paquet par la poste, à la charge d'un facteur local qui parcourt les mêmes routes jour après jour et en sait un rayon sur les uns et les autres. Mieux valait refaire le coup du Lidl, recourir à l'une de ces grandes entreprises urbaines qui ont besoin d'un GPS pour repérer les villages.

Finalement, je me suis rendu dans un bureau de SEUR à Madrid, où on ne m'a même pas réclamé de pièce d'identité. Qu'ils se débrouillent avec le bureau régional. Ils enverraient un messager de la capitale provinciale, qui y retournerait aussitôt la livraison faite pour ne plus jamais mettre les pieds dans Zarzahuriel ou sa région (la demande de services de messagerie, dans les zones dépeuplées, est assez faible).

J'ai demandé qu'on laisse le paquet à la porte du destinataire, à qui j'ai donné mon nom de famille avec un prénom inventé (je voulais éviter qu'on me prenne pour un de ces dingues qui s'envoient des paquets à eux-mêmes). J'ai remis sur le tapis un de mes supposés fils, ceux avec qui je passais du temps en famille à Zarzahuriel. Celui-ci faisait de la randonnée. Il était donc probable qu'on ne le trouve pas à la maison au moment de la livraison, parce qu'il serait en train de déambuler dans la chênaie, en pleine transe panthéiste. L'employé n'avait qu'à gribouiller une signature sur le reçu, j'assumais l'entière responsabilité. J'ai payé en espèces sur-le-champ. J'ai prévenu Manuel que le lendemain serait jour de livraison et qu'il fallait qu'il disparaisse.

Au cours de cette conversation, son portable a cessé de respirer. J'ai passé deux jours à me ronger les sangs, sans nouvelles de lui, sans savoir s'il avait gagné ou non au petit jeu des câbles, inquiet à l'idée qu'il était peut-être tombé entre les griffes de la justice. Je continuais de l'appeler à intervalles réguliers en espérant que son appareil aurait mangé sa dose de soleil et que l'usager pourrait me répondre.

Et voilà ce qui a fini par arriver. Le paquet était arrivé sans anicroche et sans rencontre malencontreuse. Depuis que Manuel a l'âge de raison, tout nous sourit quand nous agissons de concert. Soulagés, nous avons juré de ne pas risquer de vendre la mèche avec de nouveaux envois. Assez joué avec le feu.

Manuel a décidé de ne pas installer le panneau sur le toit, où il risquait d'attirer l'attention du premier enfoiré d'hélicoptère qui aurait l'idée de survoler la région. Il l'a plutôt posé dans le grenier, où il dépassait à peine par la lucarne orientée plein sud. Il a tiré le câble jusqu'au rez-de-chaussée, avec une escale dans la chambre au cas où l'envie lui prendrait de lire au lit. Le long abandon dont avait souffert la maison a facilité le repérage d'endroits par où passer le fil.

Au coucher du soleil, Manuel allumait sa lampe et s'accordait un brin de vie nocturne. Il devait se rappeler de fermer les volets pour éviter que la lumière soit visible de l'extérieur. Certaines fenêtres les avaient perdus ou n'en avaient jamais eu, mais il s'en est fabriqué avec la boîte de six briques de lait venue du Lidl. Il les a fait tenir à l'aide du ruban isolant que nous avions eu la brillante idée d'inclure dans le paquet livré par SEUR.

8

La tanière où Manuel avait atterri n'avait rien de particulièrement attirant. Mais voilà, il était porté à trouver accueillant son environnement, quel qu'il soit, à l'accepter sans se laisser affecter par ses caractéristiques visuelles ou atmosphériques. Ainsi, il faisait des économies en matière de décors, d'accessoires et d'éclairage. Comme il avait tourné sa caméra vers l'intérieur, l'apparence du plateau lui importait peu. Sa vétuste maison neuve lui offrait de surcroît un luxe nouveau : l'espace. Une abondance de mètres, carrés et cubiques. Manuel se mettait parfois à courir le long du corridor, tout simplement pour savoir ce qu'on ressentait à agir ainsi sous son propre toit. Quand il faisait le tour de la maison, il y avait toujours une pièce de plus que dans son inventaire mental.

Vivre coincé à Zarzahuriel avait ses inconvénients, ses désagréments et ses passifs. Mais ça valait bien mieux que de bosser chez les téléopérateurs, participant à une fraude éhontée destinée à plumer ses concitoyens. Mieux que de croupir dans son cagibi de la rue Montera, rejetant l'idée d'y dérouler un tapis un tant soit peu épais de crainte de se péter la noix au plafond. Et comme il s'en souvenait, de la rue Montera. Du vestibule, bien plus que de son cagibi.

De la caméra vidéo, bien plus que du reste du décor. Et surtout, il se souvenait de la tache rouge qui ponctuait le cou de l'anti-émeutier. Qu'est-ce qu'il aurait été bien, sans ces ombres qui rôdaient autour de lui. Il préférait ne pas y penser, embrasser le non.

Pour chasser les mauvais présages, il retroussait ses manches et se consacrait à son entreprise électrique. À mesure qu'il s'apaisait, il s'employait à apprivoiser l'habitat où il passerait peut-être un certain temps. Il a balayé le sol et les murs pour soulever des ans le sombre rideau. Se disant qu'on risquait de voir sa voiture à travers la grille, il a barbouillé les vitres de boue et a rayé la peinture çà et là pour qu'elle ait l'air abandonnée. Il a recollé des tuiles tombées, dragué la gouttière.

Monté sur le toit, appliqué à ne pas glisser, il a compris que s'il lui arrivait un jour un malheur dans le désert de Zarzahuriel (fracture du poignet, brûlures au troisième degré, intoxication attribuable à la pureté excessive de l'air), mieux vaudrait avoir le portable à portée de main. Il ferait ainsi son premier appel, puisque s'en abstenir signifierait mourir, comme une girafe tombée sur le côté, incapable de se relever par ses propres moyens. On l'enverrait en taule, mais au moins il serait vivant. Il devait être scotché à son portable comme un détenu à son bracelet.

À la mi-août, près de la chapelle, Manuel a remarqué un *arbre*. Le vocable traduisait son peu d'attachement à la touchante poésie champêtre. Pour lui, il n'existait ni frênes ni chênes, verts ou d'une autre couleur, et encore moins d'églantiers et de lavande à toupet, ces noms qui fleurent bon le terroir et qu'il faut prononcer avec une voix de mule. Pour Manuel, il n'y avait que des *arbres*, des *arbustes*, une *herbe jaune*, une *autre herbe pas jaune*. Le lyrisme agreste, très peu pour lui, de même qu'un gamin qui dessine un avion se fout royalement de l'aéronautique, de la chimie du papier, de la physique du stylo bille et de la philosophie de l'esthétique. Manuel ne m'a jamais touché mot de l'aspect écosophique, géorgique ou tellurique de son séjour. Il se contentait de *séjourner*.

En revanche, il en savait assez pour remarquer que, des branches du spécimen sur lequel il était tombé à l'ombre de l'église, des prunes pendaient. Avec mon aide, ce fin agronome a déduit qu'il s'agissait d'un prunier. Les fruits étaient délicieux, et pendant un mois il s'en est gavé sans débourser un sou. Leur ont succédé les raisins de la vigne, devenus noirs et aussi sucrés que des bonbons.

Manuel, qui connaissait ses propres limites, trouvait que l'idée de se nourrir des fruits des champs confinait à la folie. Ça lui faisait penser à une publicité de confitures *entièrement faites maison*. Ces histoires de végétation étaient très loin de ses préoccupations habituelles. Mais désormais, il mordait à belles dents dans tout ce qui semblait comestible.

Même chose quand il songeait à la possibilité de cultiver sa boustifaille. Ça sentait l'enfantillage, la vantardise agro-pop et le magazine de tendances. Certes, il disposait de la micro-ferme de la maison avec son terrain cultivable. Mais ça ne lui servait à rien, vu qu'il avait encore moins d'adresse horticole que de graines à semer. Il avait beau savoir aligner les ampères et les ohms pour faire des étincelles à l'aide d'un panneau solaire, ces histoires de sillons et de laitues qui pointent le bout du nez étaient pour lui, c'est le cas de le dire, une terre inconnue.

Il a tout de même creusé un trou dans la cour pour y déposer les vivres du Lidl. Grâce à l'humidité du sol et au répit thermique nocturne, ils y restaient au frais. D'une certaine façon, il tirait donc quand même sa subsistance de la terre généreuse. Un semis de saucisses, du chorizo de potager.

J'avais fait ajouter au deuxième envoi mensuel un élément-surprise, une scie à archet, puisque le Lidl organisait une Semaine du bricolage ou une connerie du genre. La production de bois de chauffage a augmenté en flèche, paraît-il. Songeant que Manuel était parti à moitié nu, je lui ai aussi fait envoyer un pyjama, des pantalons en lycra et un polaire pour quand la bise serait venue. J'ai choisi des vêtements pour dames, ceux des messieurs étant hors de prix. Heureusement que Manuel n'était pas grand.

Ces économies forcées me rappelaient que je devais trouver une source de revenus pour éluder la panne sèche. Au rythme de nos achats mensuels, l'argent de Manuel était assujetti à des amputations, petites, certes, mais qui n'auguraient rien de bon pour l'avenir. Et cet été-là, je n'avais pas non plus de revenus dignes de ce nom, pas un putain de rond de plus que le strict minimum. Les perspectives à moyen et long terme étaient alarmantes.

Il fallait que je lui déniche un job. Tâche plutôt compliquée, quasi impossible, à bien y penser. Ils ne sont pas légion, les postes rémunérés pour fugitifs ayant commis un assaut à l'arme blanche et incapables de fournir leur numéro de compte bancaire, leur adresse, leurs données personnelles et une photo d'identité. Je ne voyais pas trop comment faire. Mais j'étais constamment à l'affût, comme un diplômé de fraîche date.

Une autre idée me tourmentait tout autant, voire davantage : Manuel devait être rongé par la solitude, lui qui recherchait toujours la compagnie de ses semblables. Sans le consulter, j'avais fait ajouter pas mal de friandises à la deuxième commande, dans l'espoir infondé de voir le sucre lui fortifier le moral et l'esprit, l'aider à supporter son isolement.

En revanche, je me réjouissais de savoir qu'il se consolait en vaquant vigoureusement à ses occupations.

Dès tout petit, Manuel s'amusait pendant des heures avec un simple crayon, jusqu'à l'utiliser parfois pour dessiner. Mais avant, il avait joué à lui fabriquer un étui, à l'affiler comme un pinceau de calligraphie (taillé sur le côté, pointe fine ; sur le plat, pointe plus grosse), à lui trouver divers endroits où passer la nuit, à lui donner un nom pour s'entretenir en privé avec lui.

À Zarzahuriel, il pouvait faire la grasse matinée s'il en avait envie. Privilège dont il usait avec parcimonie. Dès qu'il ouvrait les yeux, il se détachait d'un seul bond de la veste qu'il utilisait comme oreiller, pressé de se lancer dans ses activités.

Le panneau solaire le tenait occupé. Il le retouchait et le tripotait pour le rendre plus performant. Il a fait le ménage de la cour en classant par matériaux les restes désordonnés qui traînaient là et pour lesquels il imaginait déjà divers usages.

Il lui fallait vérifier la démographie locale pour voir d'où risquait de venir l'enfoiré de voisin qui découvrirait sa cachette. Il était capable de couvrir une distance de vingt-cinq kilomètres par jour sans s'user les pieds, ce qui lui donnait un rayon d'exploration de douze ou treize (aller, puis retour). Au gré de ses explorations successives, au cours desquelles il évitait toujours les sentiers trop bien battus, il a vu au loin, à plusieurs reprises, une petite grappe de maisons ou de maisonnettes qui devaient constituer un village autrefois. C'est dire qu'il n'a pas observé beaucoup de signes de vie. Sans prendre le risque d'y entrer pour voir, il a conclu à un environnement dépourvu de citoyens, composé de nombreux noyaux aussi vierges de population que le sien. On avait bien raison de parler de « Laponie espagnole ». Par la suite, il retournait à Zarzahuriel, de plus en plus tranquille et convaincu d'être bien caché.

Ce qui était au début un simple coup d'œil préventif est vite devenu un passe-temps agréable. Il aimait aller et venir, regarder les terres d'en haut et d'en bas. Il a renoncé à l'idée reçue selon laquelle la campagne est partout pareille. Allons donc. La campagne était comme la ville. Très vite, un coin reconnaissable apparaissait. Ici un arbre couvert de tumeurs, là un rocher vert de lichens, une branche sur laquelle on peut grimper, une branche dont on ne peut descendre. Un coin du bois qui ressemble à un parc, puisque l'herbe naît à l'ombre de ses cimes. Une entaille dans les rochers rouges, les ronces qui, septembre venu, se sont converties en un distributeur de mûres. La crête où poussait une confusion d'arbustes parmi lesquels il s'est faufilé un jour et dont il est sorti couvert de rayures comme une partition musicale (une partition qui avait déjà servi).

Pour la première fois ou presque, il s'est essayé à la couture. Au début, pour rafraîchir un vêtement déchiré. Puis, pour joindre l'agréable à l'utile. Il avait mis à la retraite une chaussette au talon troué. Avec les restes de tissu, il a bricolé une sorte de poche qu'il a attachée à sa chemise pour y glisser quelques cacahuètes ou un fruit quand il partait en promenade. Il s'est également fabriqué une patte assez large qu'il a cousue à son pantalon pour pouvoir transporter sa hache, à la manière d'une épée de cérémonie. Une belle ânerie, mais que Manuel trouvait d'une drôlerie irrésistible.

Après chaque repas, il lavait la vaisselle dans l'évier de terrazzo, avec de l'eau qu'il avait fait chauffer dans l'âtre pour faire mousser le savon. Par la suite, il rinçait le tout à la fontaine. Il y lavait aussi ses vêtements, comme une veuve d'autrefois.

Il lisait les Austral. De préférence, à l'ombre de la vigne, qu'il sentait étrangement et parfaitement complice du confort humain. Il avait de la lecture pour un bon moment, variée de surcroît. Je lui ai raconté le coup des volumes de couleur différente selon le genre. Il aimait les gens qui avaient pensé à ce système, comme des feux de circulation disposés de manière à nous faciliter la vie. Il se sentait accompagné d'agréable façon par cette trouvaille de types qui, comme des enseignants délicats, voulaient éviter au lecteur de se fourvoyer.

Il s'est mis à écrire des pièces de théâtre, bricolées à partir de ses lectures, j'imagine. Je crois savoir qu'elles étaient pestilentielles, parce que même aujourd'hui, malgré les mille résumés qu'il m'en a faits, je n'ai jamais pu piger de quoi il retournait. C'était sûrement des pastiches assez lourdingues de ce qu'il avait lu dans les Austral. Il aimait ça, se lancer.

Il a également fait plein de sudokus. Il ne pouvait pas en résoudre, il n'en avait pas. Il les fabriquait, les composait, les inventait. Le temps d'en pondre un, il avait aussi trouvé la solution, évidemment.

Moins glorieux, le jeu qui consistait à tuer les mouches avec un élastique (lequel, à l'origine, avait retenu une botte de poireaux). Si le coup était perpendiculaire plutôt que latéral, la bestiole semblait rebondir vers l'extérieur et rester suspendue une demi-seconde dans le vide avant de tomber en vrille, à une vitesse et suivant une courbe parabolique rappelant celle de ces avions qu'on abat dans les films de guerre. Manuel notait le nombre de ses victimes volantes et cherchait ensuite à battre son record. On aurait dit un jeu vidéo mais dont la récompense était réelle (une maison sans insectes) au lieu de ces *Congratulations* idiotes qui s'affichent sur la tablette.

Le chou-fleur bouilli pue affreusement le pet. Odeur horripilante qu'on peut éliminer en versant un généreux filet de vinaigre dans la casserole avant de la mettre sur le feu. Manuel sautait délibérément cette étape pour attirer les mouches et alimenter le jeu.

Il trouvait agréable de planifier l'élimination des déchets. Les organiques, bien déchiquetés, au cas où un passant s'approcherait de la clôture en losanges et remarquerait la présence de résidus frais, allaient dans la cour. C'était bien de penser que non seulement il ne salissait rien, mais qu'en plus il nourrissait la terre. Les cartons aboutissaient dans le feu béni. Les pots en verre avaient de multiples usages : Manuel les convertissait en verres ou en récipients pour ses ablutions ou y rangeait de menus objets. Les sacs en plastique du Lidl étaient plus problématiques. Il les mettait de côté et les brûlait les jours de pluie, quand l'eau et le vent dilueraient la puanteur et la fumée. Mais il en oubliait toujours. Ceux-là s'accumulaient dans un coin, se mariant avec ceux du Pryca, qui étaient déjà là à son arrivée.

Il s'est mis à aller chercher du bois la nuit, prétendant que c'était une façon d'éviter les rencontres indésirables. Moi, je soupçonne que, si la prudence bien sûr préfère l'obscurité, il avait surtout pris goût à ces excursions nocturnes. Armé de son nouvel outil, il pouvait scier des branches basses, plus larges et de meilleur rendement. Il en coupait parfois qui faisaient plusieurs mètres, dont il retranchait les ramifications superflues avant de les transporter chez lui. Heureusement, il n'a jamais croisé personne en route : sous la lueur lunaire, le spectacle d'un pénitent traînant péniblement un madrier telle une croix aurait flanqué une peur bleue à n'importe qui.

Il meublait bien le temps. Parfois, le matin, il se réveillait un brin étourdi à la pensée du grand champ de blé des heures qui s'étendaient devant lui et dont il se demandait comment il les cultiverait, des hectolitres de minutes dont il ne savait quoi faire. Fait étonnant, c'était au terme de ces jours-là que le sommeil le surprenait en plein travail, épuisé mais sans la moindre envie de se mettre au lit, tant sa tâche – arranger une canalisation bouchée, éprouver la réflectance de l'intérieur des sacs de chips comme moyen d'améliorer le rendement du panneau solaire – l'absorbait. Les jours qui commençaient par la peur du vide finissaient par être pleins à craquer.

L'automne s'est installé à demeure. Quatre heures de l'après-midi, c'était comme dix heures en ville. À huit heures, c'était la nuit absolue, et à une heure du matin, on aurait juré que l'aube ne reviendrait jamais. Et quatre heures du matin ? Aucune comparaison possible avec quoi que ce soit.

Il faisait un froid de canard. Manuel a dû condamner certaines pièces pour délimiter la zone tiède et y emprisonner la chaleur.

À cette époque, Manuel était passé maître en *flambologie*. D'un chapitre Austral qui n'avait pas eu l'heur de lui plaire, il faisait une boulette toute chiffonnée qu'il panait en la couvrant de feuilles sèches avant de la coincer entre des branchettes. Puis il disposait le tout sous des bâtons de diamètre plus grand et l'entourait de troncs déjà impressionnants, avec l'air absorbé de celui qui crée une nature morte qu'il prévoit d'intituler « Naissance ».

Puis il allumait. Il aimait beaucoup saisir les bûches qui brûlaient bien à l'aide des pinces et les replacer à l'endroit où elles produiraient le meilleur effet. « Le feu est le baby-foot du solitaire », disait-il. À l'en croire, il s'amusait comme un petit fou.

Il a noté avec étonnement que le feu faisait augmenter la température de la chambre à coucher, à l'étage, mais pas celle des autres pièces. Il y a découvert une grille qu'on pouvait fermer, enchâssée dans une colonne qui allait de la cuisine au toit. Le conduit de la cheminée passait à l'intérieur. La grille était ouverte et la chaleur du tuyau se répandait généreusement dans la pièce. Futés, les gens du coin. Manuel a également remarqué que la pierre calcaire dont était fait le parement de la maison contribuait à la tenir au chaud.

Chauffer le rez-de-chaussée (et, grâce à l'astuce qu'on vient de décrire, une partie de l'étage supérieur) impliquait de faire brûler une quantité importante de bois. En accumuler un maximum était déjà devenu, pour Manuel, une joyeuse obsession. C'était une passion intime, intérieure, comme le sont les meilleures. Il ramassait le bois, le transportait et le débitait avec avarice (vice sans victimes, vu qu'il n'en avait aucune sous la main). Le transport et le sciage l'absorbaient et stimulaient son esprit, de sorte qu'il avait toujours plus de matière ligneuse qu'il ne lui en fallait. Il a fondé la Fédération des bûcherons de Zarzahuriel et, pour ne pas s'accaparer tous les postes, s'est élu modestement membre du Conseil.

Au début, il entreposait le bois dans la voiture. Quand elle a débordé de partout, il a commencé à en ranger dans la maison. Il y avait des piles par-ci, par-là, affichant leurs dimensions variées, aromatisant doucement l'air, réclamant l'allumette. Manuel aimait aussi le chauffage qu'offre en cadeau l'activité physique. « Couper du bois m'évite d'en brûler », disait-il. Le remède éliminait le mal avant même son apparition.

Par contraste, se laver le visage dans l'eau glacée de la source, le matin, le réveillait d'un coup sec. Le premier contact lui faisait mal, mais après, il ne se lassait pas de s'en asperger. La nuit, quand il en recevait en cadeau du ciel, s'insérer de la neige dans le cul le calmait. Il lui semblait que c'était bénéfique, il ne savait comment, pour sa santé, le seul critère médical étant « parce que je le dis ». Plus tard, avec ou sans lune, il sortait chercher du bois les fesses à l'air, chantant gaiement à mi-voix. Sous le voile des cimes, il devait ressembler au Yeti, une ombre qui marchait sous le ciel dégagé. Sa simple vue aurait fait paniquer n'importe qui.

Par une nuit obscurissime, il s'est mis à pleuvoir (il pleuvait tant, parfois, que ça sentait la sardine). Manuel décrochait les draps qu'il avait mis à sécher dans la cour quand une soudaine rafale a déposé l'un d'eux sur sa tête. Il s'est inquiété à l'idée que quelqu'un puisse passer à cet instant précis et l'apercevoir entre les mailles de la clôture. Pas par peur d'être dénoncé cette fois, mais bien parce que le passant serait terrorisé par la vision : les cheveux blanchis d'un coup, il passerait le reste de sa vie à jurer dans toutes les émissions de télé que les fantômes existent pour de vrai.

Dès qu'il n'a plus été possible de se laver tout le corps à la fontaine, Manuel m'a demandé d'ajouter à l'envoi mensuel un chaudron ou une marmite ou un autre grand récipient en métal pour pouvoir faire chauffer de l'eau et se laver à l'intérieur. Au Lidl, je n'ai trouvé qu'une poêle à paella, qui permettait de faire douze portions dudit plat mais dont le fond était petit. Manuel, étonné de la rapidité avec laquelle un feu normalement nourri portait à ébullition les cinq litres d'eau que le plat contenait, a dit que ça ne faisait rien. En trois coups bien envoyés, il pouvait faire chauffer la quantité nécessaire, la transporter à la salle de bains et la mélanger à de l'eau froide dans la baignoire. Je l'imaginais dans le couloir qui tenait le récipient fumant par les anses, se protégeant les mains à l'aide de chiffons. Comme si c'était jour de fête et que ses invités l'attendaient dans les w.-c., prêts à applaudir en le voyant entrer avec le riz.

Durant les heures nocturnes, nombreuses en cette saison, Manuel s'exerçait à circuler dans la maison plongée dans l'obscurité. Il adorait ce jeu de ténèbres et de trébuchements. Sa façon de se préparer à une panne de son installation électrique primitive. Il rasait les murs, se guidait en faisant glisser son petit doigt le long du mur, s'imaginait que le passage du temps et de son auriculaire laisserait dans le plâtre son empreinte digitale, comme s'il signait la maison avec un crayon de chair.

9

De l'argent que j'avais retiré du compte de Manuel et déposé sur le mien, il restait, après les coûts d'installation et quatre mois de provisions, environ 2 100 balles. Mais le ravitaillement au Lidl érodait rapidement le magot.

Manuel savait que j'étais dans une mauvaise passe et que je ne pouvais pas lui être d'un grand soutien. Il a insisté pour me dire qu'en aucun cas il n'accepterait mes sous. Il aimerait mieux se rendre aux autorités que d'être un profiteur vivant aux crochets de son oncle miséreux (ces gentillesses ne me blessaient pas, pas quand elles venaient de sa part). Il fallait lui trouver un moyen de gagner du fric.

C'était pratiquement impossible de dénicher un taf accessible à un proscrit qui se terrait incognito dans un bled perdu. Les boulots rémunérés qui respectaient ces critères étaient aussi bien cachés que Manuel lui-même, candidat dont la clandestinité obligatoire complexifiait encore l'entreprise. Il fallait un travail qu'il puisse faire chez lui, sans visites de superviseurs, sans contact et sans comptes à rendre. Bien sûr, il était exclu qu'il bosse en groupe, comme il avait tenu à le faire à une certaine époque.

Je cherchais déjà depuis des mois, avec plus d'acharnement que si c'était pour moi. Après tout, à première vue, c'était bel et bien pour moi. Pour des raisons évidentes, c'est moi qui signerais, toucherais les sommes et les déclarerais. Faisant jouer mes rares contacts dans le domaine des ressources humaines, et éperonné par l'urgence de renflouer Manuel, je me suis démené comme un possédé. C'était tout sauf évident.

Le salut est venu du côté des nouvelles professions. J'ai entendu parler d'un truc qui pouvait faire l'affaire, un drôle de boulot qui, en plus d'un maigre salaire, offrait un avantage supplémentaire. J'avais peur que le poids de la solitude finisse par bousiller le cerveau de Manuel. Ce travail bizarre le sortirait de son isolement sans nous mettre en danger. Manuel aurait des contacts avec des gens, comme il l'avait toujours voulu et, à condition de prendre quelques précautions élémentaires, les risques étaient presque nuls.

Quel est le niveau minimal de qualification professionnelle ? À n'en pas douter, celui qui a terminé la seconde est mieux préparé que celui qui s'est arrêté en quatrième, par exemple. Au seuil de la scolarisation, on trouve celui qui a fait un an ou deux de moins. Beaucoup se sont contentés d'une formation encore plus sommaire.

Imaginons un parcours encore plus rudimentaire. Certaines personnes n'apprennent jamais à multiplier et à diviser. Moins nombreuses sont celles qui ne maîtrisent pas l'addition et la soustraction. Plus rares encore, celles qui n'apprennent pas à écrire. Et même si on y met beaucoup de mauvaise volonté, il est difficile de ne pas apprendre à lire. Mais ça arrive.

En poussant le raisonnement jusqu'au bout, un homme qui possède une acuité auditive passable et une capacité intellectuelle même minimale est radicalement incapable de ne pas apprendre à parler. Prononcer quelques mots (cent, deux cents) conformément à un système linguistique donné est peut-être la seule faculté supérieure qu'il est impossible, dans des conditions normales, de ne pas acquérir.

L'employeur était une académie de langues de Madrid dont la méthode reposait sur une technique novatrice qui s'imposerait un peu partout par la suite : n'était autorisée que la conversation dans la langue d'apprentissage. Il s'agissait de recevoir les appels d'étudiants étrangers désireux d'apprendre l'espagnol. Et de parler avec eux. Peu importait le sujet, banal ou non ; l'essentiel était de ne jamais recourir à la langue de l'apprenant (dont la plupart étaient anglophones). On n'employait donc que l'espagnol, avec des interlocuteurs de niveau très variable, de celui qui se débrouille relativement bien au sourd-muet *de facto*, celui qui ne parle pas et n'y comprend goutte.

Les modalités du paiement nous allaient comme un gant. L'étudiant-client téléphonait au centre et payait à la minute. L'appel était renvoyé automatiquement sur le portable du *bavard*, ainsi qu'on appelait les collaborateurs, et payé par transfert bancaire en fonction du minutage. Mécanique plus qu'avantageuse, compte tenu de nos circonstances délicates.

Je me suis rendu à l'académie en prétendant que c'était pour moi. Si mes services étaient retenus, je donnerais le numéro du portable, enregistré à mon nom, que j'avais remis à Manuel. Je fournirais mes données bancaires (pas celles du clandestin, dont le compte avait été liquidé). Lui se chargerait de la conversation, et ses honoraires seraient versés à mon compte, dans lequel je puiserais de quoi payer son Lidl mensuel.

Si d'aventure une personne de l'académie se souvenant de ma voix l'appelait, il n'aurait qu'à jouer l'étourdi et les renvoyer à mon téléphone réel.

Ceux du centre sont allés jusqu'à me prévenir que le boulot n'avait rien d'agréable. Sur le papier, ça semblait parfait : être payé pour causer. Mais c'était loin d'être génial. La paie était franchement dérisoire (3,05 euros nets l'heure). Pas mal d'étudiants habitaient au diable vauvert, à cinq mille kilomètres sous la Terre ou à sept mille au-dessus, dans des fuseaux horaires tellement bizarroïdes qu'ils semblaient appartenir à un cube plutôt qu'à une sphère. Le téléphone pouvait donc sonner à n'importe quelle heure du jour et de la nuit.

À chaque mise en garde, j'ai répondu que ça m'était égal. On m'a aussi averti que certains *bavards* devenaient barjos à force d'écouter des bêtises, encore plus bêtes que les bêtises courantes pour cause de pénurie lexicale. Ou, pire, se laissaient saper le moral par les récits d'horribles conflits personnels avec un conjoint, un fils, la menace mondiale ou le Saint Biscuit. J'ai répondu que tout me paraissait très bien en me rappelant une fois de plus combien Manuel adorait causer avec son prochain.

Ils m'ont fait passer un test, que j'ai réussi haut la main. J'ai toujours eu un langage fleuri et une belle diction. J'ai appelé Manuel le matin même pour lui annoncer la bonne nouvelle. Je me suis esclaffé en lui annonçant qu'un type comme lui, renseigné sur tout et parlant un anglais plus châtié que celui de plusieurs rédacteurs du *Sun*, allait faire un boulot aussi *complexe*. Nous avons ri comme des dingues en pensant que Manuel s'était tapé toutes ces années d'études pour décrocher un boulot qui consistait uniquement à jacasser dans sa langue maternelle : toutes les connaissances qui dépassaient ce seuil minimal seraient *de facto* réduites en décombres fonctionnels. Le professeur, qui ne professait rien, parlait, un point c'est tout. Pour avancer sa carrière, ce job vaudrait à peu près autant qu'un dix sur vingt en éducation physique décerné par charité chrétienne à un élève de niveau préscolaire.

La paie serait maigre, voire squelettique, ai-je poursuivi. Il a rétorqué que le contraire aurait été déroutant. Sur ce plan, le boulot serait identique à ceux qu'il avait connus avant.

Nous avons eu une sacrée veine. Ce petit boulot signifiait des rentrées d'argent et peu de risque du côté de la police. J'ai été le plus soulagé des deux, moi qui me voyais déjà vendre ma bécane, ma chaise longue et ma collection d'éventails décoratifs (trois en parfait état et un cassé) pour continuer à assurer côté Lidl.

Un aspect du travail me semblait particulièrement satisfaisant. Je me suis gardé d'en parler à Manuel, parce que les gens qui se cherchent vainement des amis n'aiment pas qu'on remette sur le tapis la question de leur solitude, même si elle est le fruit non pas de leur manque de savoir-faire (bon, il y avait de ça aussi), mais bien des circonstances. Quoi qu'il en soit, le garçon allait maintenant pouvoir parler avec des êtres humains, lui qui aimait tant le faire. Il lutterait contre son isolement.

Une semaine plus tard, il a reçu un premier appel. D'Irlande. D'autres ont suivi.

Une chose à quoi s'accrocher, et je ne parle pas du misérable paiement par minute. Les voix d'hommes et de femmes l'aideraient à combler ses besoins en chaleur humaine. Ce n'était pas grand-chose, avec des océans et des montagnes entre eux, sans parler des bâtons dans les roues linguistiques et de la désynchronisation culturelle, mais c'était mieux que rien.

Avec le temps, pourtant, je me suis rendu compte qu'il avait été naïf de ma part de croire que ces conversations professionnelles pourraient étancher sa soif d'amitié et d'affection. Je me rongeais les sangs en pensant à lui tout seul dans son coin, et je redoutais le moment où il exploserait à force d'être privé de voix résonnantes et de présence réelle. Ce vide aurait grugé le moral de n'importe qui, le sien en particulier. Je me suis dit que s'il n'arrivait plus à supporter sa retraite, je trouverais, Dieu sait comment, le moyen de lui envoyer un chien, malgré les dangers d'un nouvel envoi et d'un nouvel attachement. J'ai abordé le sujet avec lui en ayant soin de ne pas le blesser. Mais nous savions tous les deux que c'était impossible.

Le premier inconvénient de sa situation, c'est qu'il était coupé des autres. Le second, plus grave encore, était l'éloignement par rapport au segment particulier des « autres » qui l'attirait sexuellement. Manuel devait être exsangue à force de se branler, si copieusement, me disais-je, qu'il se trouvait sans doute au bord de la syphilis. Je l'imaginais qui s'astiquait en permanence le manche, devenu son propre piston. Il devait produire assez de blanc d'œuf pour en badigeonner les murs, pour saturer le bon air campagnard de cellules errant à la recherche d'une destination propice à leur fécondation. Une quantité d'émissions flottantes telle qu'il devait y avoir des fleurs fécondées par le matériel génétique manuélien.

Éjaculer, c'était sans doute pour lui comme uriner. Rien à voir avec les notions de compagne, de réciprocité et de tendresse fantasmée. Le sperme, dans ce contexte, devient un vain résidu qu'il faut expulser pour éviter d'avoir mal.

Sur ces entrefaites, la veille de Noël est arrivée. M'imaginant qu'il avait perdu le fil des jours, j'ai décidé de ne pas lui offrir de vœux. Pas question de le faire sombrer dans la dépression. Je voulais éviter de lui rappeler que les gens se promenaient dans les rues en se souhaitant toutes sortes de bonnes choses alors que lui croupissait au fond d'un puits. Manuel me parlerait de cette fête, et même du chien, mais ce serait beaucoup plus tard.

10

Manuel me parlait beaucoup de la vigne, qui lui inspirait une sympathie grandissante. J'ai compris que, faute de personnes visibles et tangibles, il déversait ses sentiments sur les moindres choses vivantes qu'il avait sous les yeux. Il m'a interrogé sur les besoins, les appétits et les envies de l'espèce. Je me suis documenté et lui ai tout raconté. Entre mes données et ses observations, la vigne se chargeait peu à peu dans son esprit d'une mystique forte et grave, dont lui-même était le premier à se moquer.

Cette plante le comblait. Il y avait ses raisins, les desserts qu'elle lui offrait en cadeau, de plus en plus sucrés à mesure que le soleil les arrosait davantage. En janvier, la taille a donné un bon faisceau de petites tiges, des sarments de la taille idoine pour la transition ignée, de la feuille morte à la bûche dans la cheminée. Il s'est souvenu d'avoir mangé des feuilles de vignes bouillies dans un restaurant libanais de Madrid. Quand elles commenceraient à déborder du treillage, vers le mois de juin, il verrait comment les préparer et les assaisonner. Il en mangerait juste un peu au début, pour voir, mais ce serait sûrement très bon, et alors la plante amie deviendrait aussi un marchand de légumes bien approvisionné.

La vigne lui offrait également son ombre, supérieure à toute forme de réfrigération, plus fraîche à mesure que le soleil criait plus fort, d'une propreté clinique, d'une saveur liquide, d'une odeur verdoyante à nulle autre pareille. Durant la saison froide, la vigne se dépouillait de ses feuilles, comme si elle savait devoir ouvrir le rideau et laisser passer les rares rayons du soleil. La vigne était une plante domestique, à l'image, dans le règne animal, du cheval obligeant et du gracieux cochon.

La voiture pourrissait sur place. Tant mieux. Que la gangrène la dévore et Manuel serait libéré de la tentation d'aller faire une balade, au risque d'être repéré par quelque habitant. À cette fin, il dépouillait progressivement le véhicule de ses morceaux, comme il cueillait des prunes, des raisins et des mûres en été. Insensiblement, il la mettait en pièces. Un jour, il a enlevé le cendrier pour y mettre les noyaux d'olive quand il en mangeait au salon. Une autre fois, il a pris un essuie-glace pour se gratter le dos. Il a commencé à utiliser le coffre comme panier pour le linge sale. Et comme il avait un sac de couchage, il s'est mis à dormir de temps à autre dans le véhicule, par pur caprice, comme un adolescent qui découche, en quête d'une aventure galante.

Tous ses vêtements prenaient la même couleur indéfinie. Il était de plus en plus difficile de les rincer sous l'eau de la fontaine pour éliminer toute trace de détergent. Manuel les mettait donc de plus en plus souvent dans de l'eau bouillante ou de l'eau de Javel diluée. Il disait que la couleur brunâtre ainsi obtenue était optimale. Cette teinte brouillée favorisait le camouflage en pleine campagne ocre.

Pour lui donner un coup de main, et sans qu'il me le demande, je faisais ajouter un peu de linge au Lidl. Mais il ne mentionnait jamais ces petits cadeaux glissés entre les autres articles, comme si le service que je lui rendais ne valait pas la peine qu'on en parle.

En revanche, je ne sais pas combien de fois il m'a remercié pour la veste que je lui avais refilée. Il ne l'enlevait jamais, me disait-il, parce qu'elle était devenue une sorte de tente permanente. Il éprouvait le même attachement pour mes vieilles bottes, qui étaient aussi fiables que si elles avaient été munies de chenilles.

Ce qu'il n'a jamais fait, davantage en raison de ses convictions esthétiques que par simple impossibilité de s'en procurer, c'est parcourir la campagne en vêtements faits exprès pour parcourir la campagne. S'il avait pu ou voulu renouveler sa garde-robe, il ne lui serait jamais venu à l'esprit de se déguiser en explorateur de magazine de voyages ou en joueur de flûte andine. Il était parfaitement à l'aise dans les vêtements urbains qu'il avait apportés de Madrid. Certes, ils se trouaient peu à peu, se couvraient de taches diverses et perdaient de leur teinte. Mais plutôt qu'à une illustration de la mode rurale, d'aventure ou alternative, Manuel devait ressembler à un habitant du quartier de Sol qui aurait reçu sur la noix un tronçon de la station de métro Callao.

Il a adopté de nouvelles habitudes de toilette. Avec une chute de fréquence significative. Ce qui aurait été symptôme de laisser-aller et d'abandon chez un autre était dans son cas le signe de ses pouvoirs d'observation. Tout vient à point à celui qui sait regarder et essayer.

Les conclusions lui ont été inspirées par sa tête. Pas par ses réflexions : il s'est simplement rendu compte, un jour, qu'il ne s'était pas lavé les cheveux depuis deux mois. Or, ils étaient aussi propres que s'il s'était fait un bon shampoing la veille. La différence, c'est qu'il n'avait ni pellicules ni démangeaisons, ce qui arrive immédiatement si on suspend le lavage quotidien. Il avait dépassé une première phase de production sébacée. Le shampoing était donc un catalyseur de graisse, fabriqué exprès pour que son abandon éventuel vous déverse un torrent de crasse sur le crâne. Un composé élaboré pour créer une accoutumance et vous obliger à la fidélité.

Le tout confirmait ses soupçons : les savons, c'était de la foutaise. De la supercherie, disait-il.

Il a cessé de se laver. Lors de la première phase, il a senti un inconfort qu'il devinait plutôt induit qu'inné. Au bout d'un mois, sa prophétie s'est réalisée. Tout à coup, il avait la flemme de se tremper dans l'eau. Il a commencé à réfléchir à l'état de manque. Les gels et les savons, m'a-t-il dit, créent une dépendance aussi forte que la cocaïne ou le sucre. Avec le bénéfice ajouté suivant : l'absence d'onguents de droguerie (féconde coïncidence lexicale) entraîne l'élimination des odeurs (en même temps qu'elle fait disparaître l'envie de s'oindre de ces horreurs). Après avoir évité les produits de bain pendant quatre semaines, disait-il, non seulement il ne sentait pas mauvais, mais il n'éprouvait plus la sensation piquante et poisseuse qui vous pousse à vous en servir. Il n'était pas non plus affligé d'*éloquence axillaire* (il faut dire qu'il n'avait aucun autre nez récepteur à consulter) et n'éprouvait pas le désir de se laver. Il avait surmonté sa *dépendance cutanée*.

Il y avait du vrai dans ce qu'il disait. Jeune, je fuyais les bains autant que le tabac. À l'heure actuelle, je suis accro aux deux.

Il se souvenait de s'être maintes fois demandé comment il était possible que nos ancêtres, qui ne se baignaient que tous les trois ou six mois, s'étreignaient tout de même, friands de reproduction. Si le manque de savon nous faisait puer, ils n'auraient pas eu le courage de fabriquer ceux qui allaient nous fabriquer par la suite. Peut-être est-ce le produit de toilette qui crée la bouffée fétide. Sinon, les Anciens étaient nés sans odorat.

Se promenant en imagination dans les branches ascendantes et descendantes, Manuel soutenait que les petits-enfants à venir s'étonneraient de savoir que leurs prédécesseurs, nos contemporains, avaient employé cette chose malsaine appelée *savon*, de la même façon que nous étions troublés d'apprendre que nos grands-parents avaient eu recours à des préparations de santé et à des traitements à base de radium.

Pour ma part, je ne me suis pas risqué à mettre en pratique les exposés de Manuel sur les soins personnels, et je m'accroche bien fort à mon gel douche. Mais je suis sûr que c'est lui qui était dans le vrai. Il en avait fait l'expérience, moi pas. Il avait plus de données.

Il continuait avec ses brassées de bois : il en cherchait, en charriait, en tranchait, activités chuintantes. Il appelait maintenant sa hache un tomahawk. Elle était de toutes ses expéditions, suspendue à la patte qui avait été autrefois chaussette. Et dans une poche de la veste enveloppante, le sac en raphia bleu. Manuel le remplissait de bois et revenait en le portant à l'épaule, où les anses et le poids des bûches lui grattaient les deltoïdes. Ça lui faisait comme un massage séraphique, disait-il.

En été, il avait joui des faveurs de l'ombre végétale. Maintenant, il s'en remettait aux flambées. « Comme on est bien ici, se disait-il. À la chaleur, répond la vigne. Au froid, le bois. »

Par ailleurs, il soutenait que le meilleur système de chauffage consistait à enfiler un pull (et la meilleure climatisation, à enlever icelui). Au lit, prétendait-il, point de froideur dont de bonnes chaussettes ne puissent venir à bout. Selon ses expériences, dormir ainsi lui offrait une chaleur corporelle équivalente à celle d'un manteau d'épaisseur moyenne. Avec les pieds bien habillés et la tiédeur de son souffle que lui renvoyait le bord du drap, il n'avait qu'à ajouter un peu plus de chaleur couvrante pour s'abandonner au sommeil sans redouter les courants d'air.

Pour le reste, Manuel dormait tout habillé. Pas parce qu'il ne mettait pas de pyjama, mais parce que le pyjama était son vêtement quotidien. Dès le lever du jour, il sautait du lit et enfilait la fameuse veste et les bottes. Et il se trouvait, sans plus de frais, en tenue de gala.

Sa santé ne souffrait pas de son passage à un écosystème inconnu. Heureusement, d'ailleurs, car toute consultation médicale lui était interdite. Il avait toujours entendu dire que pour éviter de s'enrhumer, on devait avoir un peu froid en hiver, un peu chaud en été, s'adapter aux variations du climat. Ça, et éviter les banques et autres lieux semblables. Ceux où, comme le constate d'emblée quiconque s'y rend durant les heures d'ouverture, une odeur de grippe carabinée vous accueille dès que vous ouvrez la porte.

Il a pris l'habitude d'aller uriner dans la cour avant de se mettre au lit, profitant de l'air désinfectant pour goûter la sensation nouvelle de sentir sa bite à deux ou trois degrés en dessous ou au-dessus de zéro pendant qu'il arrosait la vigne de son grésil.

Il guérissait ses petits maux à l'aide de produits modestes, humbles et polyvalents. Il délaissait de plus en plus le dentifrice, dont les odontologistes disent bien qu'il est inutile, puisque c'est l'action mécanique du brossage qui combat la carie. Lui chassait les bactéries avec de l'eau tiède salée, rince-bouche imbattable et mille fois plus efficace que les produits commerciaux de couleur phosphorescente. Le vinaigre était sa réponse aux piqûres, et le lait son antidote aux brûlements d'estomac. Si nous portons instinctivement à la bouche un doigt coupé, disait-il, c'est qu'il n'y a pas de meilleur moyen d'obtenir la coagulation sanguine.

Il avait bien la boîte de paracétamol que je lui avais envoyée par SEUR. Elle était intacte. Parce qu'à Zarzahuriel, il n'avait jamais mal à la tête.

Comme on le voit par mon récit, nous continuions à nous parler tous les jours à quatre heures de l'après-midi. Une routine qui, pour moi, n'avait rien de routinier. Un jour de février, il m'a demandé de regarder à quel moment il fallait planter les potirons. Il en avait mangé un du Lidl, une moitié bouillie et l'autre coupée en petits dés et sautée, comme une pomme de terre orangée. Les graines qu'il a trouvées à l'intérieur lui ont donné l'idée de les semer, et il se demandait ce qui arriverait s'il les enterrait quelque part sur la parcelle. J'ai mené l'enquête. Il ne pourrait faire les semailles que deux mois plus tard, et il devrait observer certains usages (laver les graines avant de les planter, oxygéner la terre, arroser à fréquence moyenne) pour que les potirons poussent bien. Il a tout noté.

Début mars, en consultant le cours aléatoire de mon compte courant, j'ai été réjoui de constater que les sommes versées par l'académie d'espagnol contre les divertissantes causettes étaient en hausse. C'est dire que de plus en plus d'étrangers se prévalaient de *mes* services (ou plutôt, allons, de ceux de Manuel). Augmentation infime, mais qui m'a fait très, très plaisir. Parce qu'elle annonçait le retour du

Manuel qui faisait bien les choses. Signe que les étudiants le réclamaient, ou qu'il conversait durant des périodes plus longues, ou qu'on lui attribuait de nouveaux élèves parce qu'il s'en tirait bien.

J'ai été ravi de voir Manuel se révéler comme le grand causeur qu'il était au fond, même si on ne s'en rendait pas compte tout de suite et que c'était en raison d'un contrat passé entre élève et professeur. J'ai constaté avec enthousiasme que, une fois la glace brisée, et avec l'apprentissage comme prétexte, l'homme avait du talent pour enchaîner les mots devant des oreilles étrangères. Il conversait avec ses semblables, comme il avait toujours rêvé de le faire. C'étaient des spécimens exotiques dont il ne voyait pas le visage, d'accord, mais c'était déjà beaucoup.

Ces petits progrès signifiaient aussi que Manuel augmentait, de manière minime mais quand même, ses ressources pécuniaires. Notre tirelire étique avait pris quelques grammes. Manuel pouvait désormais s'offrir un petit caprice, pourvu que l'article se trouve au Lidl. Je lui ai dit que le moment était venu de faire des folies. Il a réfléchi pendant une semaine avant de me donner sa réponse. Il aurait pu s'offrir une couette décente, un sac de gambas, un miroir pour voir ce qu'il faisait en se rasant. Mais il m'a demandé deux ou trois articles bas de gamme. Quelques pinces à linge en bois, un paquet de feuilles, un cutter, rien d'autre. Bon. C'était lui qui savait.

Mi-mars, par contre, j'ai traversé une très mauvaise passe. Un incident m'a fait voir la vie en noir foncé. Je consultais les journaux sur Internet quand j'ai entrevu avec horreur qu'un certain E.T.P., vingt-neuf ans, membre de l'Unité d'intervention policière (la brigade anti-émeute) était décédé à Madrid des suites d'une blessure à l'arme blanche. C'était un entrefilet à peine, dans un média marginal, et on ne disait pas grand-chose de plus. Mais voilà, c'était là.

Si c'était le flic du vestibule, Manuel avait bel et bien abusé de ses forces avec le tournevis. Et qu'après une agonie de plusieurs mois, hospitalisée entre la vie et la mort, sa cible automotrice avait passé l'arme à gauche. Celle qui avait servi à l'agression était blanche, elle aussi. L'âge collait. Le jour de la manif, un homme avait été gravement blessé. Et la mortalité sur le terrain des fonctionnaires de cette branche était rare. Nulle, en réalité. C'était sûrement le même type. Voir l'articulet m'a foutu la trouille, moi qui mijotais déjà dans la psychose du danger. Mon ciel sombre ne s'éclairait pas.

L'après-midi, la nouvelle était déjà disparue de la page et il n'y a pas eu de suite. Détail étrange qui a nourri mon incertitude.

Je continuais à me demander, comme en juillet, si je devais en faire part à Manuel. Pour la deuxième fois, j'ai décidé de me la boucler. Ça ne nous aurait avancé à rien que Manuel soit au courant, lui qui avait besoin de tranquillité pour continuer son parcours sans faute. S'il commençait à faire des gaffes, et si le policier du journal était bien celui du vestibule, ça deviendrait plus moche qu'un estomac vu de l'intérieur.

Peu après, j'ai eu la peur de ma vie à cause de Manuel, un moment d'angoisse qui tombait très mal. J'ai passé un jour entier sans pouvoir communiquer avec lui. Il ne répondait pas au téléphone. Comme nous avions convenu de parler tous les jours à la même heure, un cycle complet sans nouvelles laissait craindre le pire. Allez, réponds, disais-je en martelant le clavier, tourmenté à l'idée que Zarzahuriel n'offrait pas toutes les garanties de sécurité que nous avions cru y trouver et tentant de chasser les idées trop funestes (arrestation, accident, voire pire).

Il a fini par décrocher, mais seulement le lendemain. Quand je lui ai raconté combien j'avais eu peur au cours des heures de souci que je venais de me taper, il m'a dit que je ne devais pas m'en faire autant. Qu'il s'était dirigé, sans téléphone, vers les collines lointaines qu'il entrevoyait de la maison et qu'il avait perdu le fil du temps. La semaine suivante, même jeu : une autre journée sans nouvelles de sa part, puis une pâle explication pour me calmer. Il m'a juré que ça n'arriverait plus. Mais j'ai compris que je devais me blinder, puisque ces irrégularités annonçaient sans doute des changements.

En avril, le moment venu, Manuel a planté ses potirons. Ayant délimité un bout de terrain de cinq sur un, il a retourné la terre avec le couvercle de la boîte à gants de la voiture, son Tout à un euro personnel, pour qu'elle soit bien aérée. Il a enterré vingt graines deux par deux dans l'idée d'obtenir dix plants. Puis il a arrosé. Tous les jours, il examinait la petite parcelle, à l'affût de mauvaises herbes, qu'il arrachait immédiatement. Il voulait laisser croître ce qui devait croître. Et pas ces casse-pieds du royaume végétal, ces parasites archichiants.

Il a réussi à récolter les derniers pignons de la saison, qu'il ouvrait à l'aide de la pointe du tournevis. Les pommes de pin vides ressemblaient à des grenades à main. À défaut de faire sauter des tranchées, elles étaient géniales pour alimenter le feu dans l'âtre.

11

La surprise désagréable est arrivée une semaine après les semailles, en même temps que le facteur. Il a laissé dans ma boîte aux lettres une de ces enveloppes de la banque, avec sa petite fenêtre en plastique transparent. Le relevé de compte faisait état d'une forte baisse des rentrées liées aux conversations avec les étrangers, réduites presque de moitié.

J'ai d'abord eu peur que l'académie accuse du retard dans le paiement. Puis j'ai songé avec effroi à l'idée du possible retour du Manuel de la maladresse sociale, celui qui, assoiffé de relations humaines, s'embrouillait et foutait tout en l'air à la moindre petite contrariété.

J'ai attendu l'heure habituelle pour l'appeler et lui demander ce qui se passait.

Il m'a répondu que tout allait bien. Que les sommes versées par l'académie étaient les bonnes. Qu'il n'avait eu d'accrochage avec personne. Que les étrangers avec qui il avait causé étaient des gens très bien et que, d'un peu partout dans le monde, ils avaient fait preuve à son égard de respect et même d'affection. Mais il répondait à de moins en moins d'appels.

Les deux stimulants que nous recherchons tous dans le boulot, un peu de blé et un brin de bonne entente, devenaient pour lui de plus en plus superflus. Que lui arrivait-il ?

Il m'a tout raconté.

Il a commencé par le commencement. Il était arrivé à Zarzahuriel, m'a-t-il dit, contraint par les circonstances et par un tournevis. Il avait été poussé vers un milieu inconnu, où il avait dû se débrouiller. Avec un tel succès du reste qu'il ne se voyait plus mener une autre vie que celle qu'il vivait actuellement, plongé jusqu'au cou dans son entreprise suprême : faire, à chaque instant, exactement ce qu'il avait envie de faire. Il a dit, texto, qu'il ne s'était jamais mieux porté de sa putain de vie.

Il m'a assuré que le boulot était très bien. Mais que tout ce qu'il faisait à Zarzahuriel, en état de béatitude comique, comptait beaucoup plus à ses yeux que ses causeries par à-coups. Il commençait à en avoir marre des inepties débitées dans un espagnol laborieux. Il se foutait comme de sa première chemise du temps qu'il faisait à Bonn, et idem pour le Tottenham Club. La sonnerie du téléphone le tirait de ses bienheureuses occupations, salissait sa journée et lui inspirait le même effroi que la sirène qui annonce un bombardement aérien. Il m'a raconté qu'une fois, pour mieux supporter les conversations sous-traitées, il avait convaincu un quidam suédois que pour dire bonjour aux gens en espagnol authentique, « congrio » (« congre ») valait cent fois mieux que « hola », et que pour prendre congé à la manière d'un natif, on disait non pas « adiós », par trop scolaire, mais bien « liendre » (« lente de poux »), en dégageant bien chaque syllabe.

Je n'ai pas trouvé ça drôle. Enfin, si. La vérité, c'est que j'ai trouvé ça très drôle. Mais ça ne l'était pas.

Je lui ai rappelé avec insistance que s'il arrêtait de répondre au téléphone, il arrêtait de gagner de l'argent. Et que je n'aurais pas les moyens de continuer à lui envoyer la commande mensuelle du Lidl. « Non, ce n'est pas un problème », a-t-il dit. De fait, je ne le voyais pas s'en remettre à ma bonne volonté pour le soutenir, alors que lui-même se la coulait douce. Il n'a jamais été un profiteur, tout le contraire en fait. Je n'ai pas eu besoin de lui demander d'explications. Il m'en a fourni de lui-même.

« On achetait n'importe quoi », m'a-t-il dit. Il m'a demandé de laisser tomber les côtes de porc, la bière, les sardines à la sauce tomate, les fourrés au chocolat, le pâté et les autres mets préparés du genre. Et de les remplacer par des pois chiches, des oignons, de la farine, du sucre, des pommes de terre, du foie, des produits laitiers. Une alimentation de base, genre après-guerre, des produits bas de gamme et bon marché. Il ne voulait pas de repas complexes si, pour pouvoir se les payer, il devait abréger ses promenades, couper court à sa lecture des Austral, négliger ses potirons, arrêter de tirer avec les élastiques ou se lever de la place d'honneur où il était installé pour contempler un nuage qui lui rappelait la carte de la Russie. Parce que c'était tout ça qui l'intéressait vraiment.

Il était prêt à manger n'importe quoi si ça lui permettait de sabrer dans les sessions téléphoniques qui étaient le prix de chaque bouchée. Avec sa pauvreté volontaire, il achèterait du temps, parce qu'il s'amusait beaucoup plus chez le marchand d'heures que chez celui de fruits et légumes. Le premier proposait de meilleurs produits.

Il avait fait ses comptes. Avec les nouveaux menus, il s'en tirerait pour quatre-vingt-dix euros par mois. S'il consacrait quinze petites heures par mois aux étrangers, quinze, même avec le salaire de misère que payait l'académie, il remplirait le garde-manger pour quinze jours.

Quant à l'autre moitié du mois, il puiserait dans ce qu'il appelait le fonds général, c'est-à-dire les sous qu'il avait économisés à Madrid en cumulant les petits boulots pour pouvoir se payer l'appartement de la rue Montera, et qui assuraient maintenant sa subsistance. Après l'entrée des montants versés par l'académie et cette sortie mensuelle, il lui restait environ deux mille balles. Qui, selon ses calculs, lui dureraient près de quatre ans. Période de tranquillité à laquelle il ne pensait renoncer pour rien au monde.

Il suffisait de s'abonner aux rations de guerre, avec lesquelles Manuel pouvait faire des miracles. Chou, lentilles, carottes, macaronis, fruits en promo, quelques biscuits bas de gamme. Il m'a raconté en détail que, pendant qu'il respirait l'air sain des jours de repos, rien ne le rendait plus heureux que des légumes secs cuits avec du sel, de l'huile et du vinaigre, ou du riz blanc accompagné de gousses d'ail frites. Il a vanté leur saveur exquise (« le goût de la liberté », a-t-il dit). Même le pain était délicieux, tout dur qu'il fût. Il le mouillait à la fontaine et disait à la blague qu'il mangeait des sandwiches à l'eau.

Comme cadeau, tel un billet gratuit ou un petit prix au Loto, il pourrait cueillir les prunes, les mûres, les raisins frais ou secs et les tendres feuilles de vigne, qui résoudraient une bonne partie de ses problèmes estivaux. Puis il m'a raconté comment il mélangeait de la farine et de l'eau à parts égales, plus une pincée de sel, pour former une pâte qu'il faisait frire dans de l'huile très chaude. Des churros, donc. Sans machine à churros, c'était plutôt des boules, mais enfin, des churros tout de même. Comme ceux qu'il comptait préparer le jour où il a quitté pour de bon sa maison de la rue Montera.

À l'automne, il avait vu des glands tombés au pied d'il ne savait quels arbres. Il les avait ramassés et mis de côté. Au début, il n'a pas osé, mais dès janvier, il a tenté de voir comment les apprêter. Il les a fait cuire et les a assaisonnés jusqu'à ce que ses intestins et son palais s'habituent aux nouveaux venus. Il devait chier du calcaire. Mais il disait que ces glands étaient l'ordinaire des porcs de race et qu'il était en train d'élever du jambon ibérique de première.

Il m'a parlé aussi de sa répugnante *tortilla de patata* sans pommes de terre (mais avec le blanc des pelures d'orange) et sans œufs (mais avec du lait). Je lui ai demandé s'il était vraiment capable d'avaler ça, et il a répliqué qu'on voyait bien que je ne l'avais pas essayée.

Je lui ai dit de cesser de m'étourdir avec ces histoires de cuisine. Manuel est revenu à ses bilans.

Il n'avait pas oublié de comptabiliser dans ses coûts mensuels les produits de toilette indispensables. Il y avait longtemps que, à la lumière de ses essais, on avait cessé de commander du gel, du shampoing et du détergent. Mais il avait besoin d'eau de Javel pour récurer le sol, d'un filet de savon à vaisselle pour laver les plats et d'un peu de papier de toilette, pour ce qu'on sait. Il a ajouté une pile de lampe de poche par quinzaine et quelques piécettes pour renouveler chaque année ses brosses, tampons à récurer et torchons de cuisine. L'un dans l'autre, l'équivalent d'une heure supplémentaire d'étrangers par mois. « Je crois que je peux assurer », a-t-il dit en riant.

Ses projections m'effrayaient. Mais qui étais-je pour lui donner des conseils, moi qui n'avais jamais su réunir de rondelettes sommes ? J'aurais bien voulu, remarquez.

Il a continué pendant un moment dans la même veine. Pour terminer, il a fait le total des rentrées et des dépenses, des coûts, de sa micro-rémunération et du résultat net. Je connaissais ses chiffres, bien sûr. Ceux du Lidl aussi, à plus forte raison. Et en effet, si nous nous en tenions aux achats élémentaires comme ceux qu'il proposait, ses additions et soustractions se tenaient.

Seize heures d'étrangers. Pas plus. Manuel, très prisé au sein de l'académie, recevait pas mal d'appels. Il pouvait donc se permettre de concentrer dans le temps ceux auxquels il acceptait de répondre. Il les réunirait pour faire des jours bavards, quatre ou cinq par mois. Il les prendrait comme entraînement pour empêcher son appareil vocal de s'ankyloser. Et après, il aurait devant lui des semaines pures, entières. Rien que du temps pour lui-même.

Parvenu à ce stade de son exposé, j'ai pensé à un gros, à un obèse obstacle. Je lui en ai fait part. D'accord, il avait financé la bouffe et le ménage. Mais il lui faudrait plus de choses, non ?

Non. Quand il a compris qu'il pouvait fonctionner avec un panneau solaire qui, malgré le peu de jus qu'il donnait, lui en fournissait plus qu'assez, ses dépenses d'électricité ont disparu du coup. Quand il a constaté qu'il n'avait plus envie d'aller où que ce soit, le coût des voyages en auto qu'il ne ferait jamais s'est volatilisé. Quand il s'est vu plus beau que jamais vêtu de la veste que je lui avais offerte, ses frais de garde-robe ont été réduits à néant. Quand il a réalisé que les produits de beauté constituaient une dépendance, il a rogné sur les articles de toilette. Quand il s'est rendu compte que couper du bois était sportif plutôt que fatigant, les déboursés liés au chauffage ont fondu comme neige au soleil. Même chose pour les frais de santé, de pharmacie et de presque tout le reste. Son ascétisme était amusant, sain, stimulant et bénéfique. Pas nécessairement pour les économies. Plutôt pour une sorte d'exercice qui le remplissait de jubilation, à l'intérieur comme à l'extérieur.

Tout de même, il avait besoin de certains biens non alimentaires, dont il a dressé la liste détaillée. Mais il avait beau la passer et la repasser dans sa tête, il ne voyait pas comment ils pouvaient lui coûter plus qu'un menu du jour dans un restaurant moyen. Il m'en a fait part, et j'ai pris note de tout pour l'envoi suivant (pourvu que le Lidl stocke ces articles sur ses étagères virtuelles).

La liste comprenait une radio, laquelle lui permettrait de continuer à étudier l'anglais (un appareil impossible à localiser, c'est-à-dire analogique, et donc presque donné). Des ciseaux, pour se couper les cheveux sans la douleur du cutter. Un autre tournevis, avec l'embout en étoile qui lui manquait. Un couteau dentelé. De la colle blanche. Un balai à franges avec son seau-passoire. Et voilà tout. Ensemble, ces articles coûtaient quelque chose comme dix ou quinze déplacements en métro.

Au fond, que lui fallait-il de plus ? Un mixer qui donnerait des complexes à son panneau à la puissance insuffisante ? Une tablette qu'il faudrait connecter et dont l'adresse IP finirait par révéler sa cachette ? Un vélo, pour qu'il sorte faire un tour et qu'on le repère ? Sacrée idée, oui. De toute façon, c'était des biens auxquels il n'avait pas accès, notre fournisseur ne les proposait pas. Alors pas la peine de se casser la tête. Autre chose, peut-être ? Un peignoir, un nouvel oreiller, un pull ? Oui, il pourrait se les offrir. Mais au prix de devoir donner des heures à l'académie d'espagnol et, par voie de conséquence, les voler à ses opérations obsessionnelles et à ses promenades perpétuelles. Alors adieu peignoir, oreiller, pull, et bonjour à la culture intensive de ses enfantillages. « En plus, je me tire d'affaire avec la serviette, je respire mieux quand je dors la tête à plat et j'ai déjà un pull », m'a-t-il dit.

Dans la même veine, il m'a parlé d'une découverte que son auto-examen avait mise au jour. Que ferait-il si, lors de sa promenade matinale, il trouvait mille euros au pied d'un arbre ? Il a conclu que ça ne changerait pas ses projets pour l'après-midi. Il ne courrait pas flamber les sous au village. Pas par peur d'être vu. Il n'avait simplement pas envie de dépenser. Il ramasserait l'argent parce que ce serait du dernier snobisme de le laisser là, mais sans savoir qu'en faire. Révélation comportementale nettement plus précieuse que les mille euros. Si le manque d'argent est frustrant et source de détresse, alors il avait fait la découverte *défrustrante* de son *indétresse*.

À ce propos, il m'a dit qu'il pensait plusieurs fois par semaine à un incident survenu environ deux ans plus tôt. Il avait touché cent euros qu'il n'attendait pas, dans un de ses petits boulots d'avant l'entreprise qui se foutait des plaintes téléphoniques, et qui avait nourri son petit fonds général. Dans ce job-là, la grande arnaque était les heures sup qu'on ne payait pas. Les employés en faisaient tout de même pour ne pas être boutés hors du royaume de l'esclavage toléré. Lui, sans doute grâce à une erreur de comptabilité, avait touché l'argent des siennes.

Comme c'était une somme tombée pour ainsi dire du ciel, il est sorti, billets en poche, s'offrir un petit caprice. Il est revenu à la maison avec un piteux sac contenant trois crayons 2B et une viennoiserie défraîchie. Et 96 euros en trop, dont il ne savait que faire. De cette journée, il n'a pas tiré seulement des bâtonnets de graphite et un en-cas. Au contraire, l'usage de ce petit capital lui avait procuré un bénéfice certain, une découverte qui le délivrait de bon nombre de ses envies : il a compris que l'argent ne faisait pas son bonheur. Ce qui, à bien y penser, était l'équivalent de tomber sur un coffre débordant de doublons dans quelque crique perdue.

Cet épisode avait coïncidé avec l'installation de Manuel rue Montera, au moment où ma capacité à l'aider déclinait. Il pressentait déjà que la cupidité n'allait pas le pousser au crime. Il gagnait péniblement sa croûte à Madrid pour fuir la maison paternelle et vivre de façon autonome. À présent, le compte y était et il ne voyait nulle part ses parents. Mission accomplie.

Au fond, il n'avait besoin de presque rien qui puisse s'acheter dans les magasins. La frugalité était son grand patrimoine rassasiant. Il avait sauté à pieds joints dans une austérité sauvage où il barbotait avec délice, tel un adepte du sport extrême qui jouit du hurlement de ses muscles, de son essoufflement et de sa douleur plantaire. Son appétit pour la simplicité ressemblait à de la gourmandise, son amour de la pauvreté frisait la luxure.

Sa sobriété était jouissive, assumée. Il y a goûté d'abord, puis il l'a acceptée, pour enfin la prendre comme épouse. Il était donc marié avec ses dépenses maigres, ses dépenses clairsemées. Des dépenses très bien *pensées*, celles d'un vrai de vrai pauvre.

Il n'avait pas grand-chose à voir avec les Crusoé, Thoreau et autres stylites, ces survivants classiques qui nageaient toujours dans le besoin, la langue pendante, comme autant de putes bon marché en quête d'un poisson, d'une cacahuète ou d'un bâton pointu. Manuel, lui, vivait dans ce qu'on pourrait, dans ces circonstances, appeler l'abondance

(abondance de gueux, abondance tout de même). Imbu de sa petitesse démesurée et galopante, il risquait même d'économiser un peu d'argent s'il ne faisait pas gaffe, et le tour que prenaient les événements lui donnait le fou rire.

A Zarzahuriel, il cultivait la *succinctеté* comme un jeu excitant qui ne permet jamais l'excellence complète parce que, pour l'atteindre, il faudrait crever (par manque de nourriture, de climatisation et d'autres luxes semblables). De ça, il n'était pas question. S'il cassait sa pipe, comment pourrait-il continuer à jouer ?

Il devait acheter, c'était inévitable, un peu de nourriture (consommables de bouche), quelques outils domestiques (consomptibles de main) et deux ou trois produits d'hygiène (fongibles de nettoyage). Hormis ces articles peu coûteux, Manuel ne s'autodiagnostiquait aucun désir d'acquérir d'autres marchandises. Il était comme celui qui ne consacre pas d'argent à une voiture parce qu'il ne veut pas apprendre à conduire ou qui ne dépense pas pour les enfants parce qu'il n'a pas la vocation paternelle. Des idées de consommation ? Il était à sec. Aucune tactique ou technique de dilapidation de ses sous ne lui venait à l'esprit. Son imagination ne lui susurrait aucune proposition d'échange d'espèces sonnantes contre des biens. Il était à court de projets de diminution de ses fonds et ne disposait d'aucune stratégie de dilution de ses capitaux. Il n'était pas non plus doué pour inventer des protocoles de rétrécissement de son épargne.

À mon sens, et selon une perspective purement et strictement économique, sa situation financière était *indécortiquablement* incomparable.

12

Le portefeuille auquel aspirait Manuel était gratuit : du temps à revendre, du temps à échéance fixe, en obligations, actions et actifs. Avec une ambition inépuisable, la seule limite étant les vingt-quatre heures que comptait la journée. Une cote définitive qui lui permettrait d'atteindre la richesse absolue, soit la journée complète (l'argent, au contraire et de façon épuisante, n'a jamais de limite supérieure).

Avec chaque centime qu'il ne produisait pas, il achetait une minute de paix phréatique. Une aubaine, à ses yeux. La sensation d'abondance qu'il éprouvait, ironique chez un homme vivant dans un tel dénuement, était vertigineuse. Il avait de tout à revendre. Une seule exception, le temps, parce qu'il n'était pas assez prétentieux pour demander qu'on fasse passer la journée à vingt-cinq heures. Mais il avait le temps nécessaire, celui qui existe dans son entièreté, et il en était ravi. Celui qu'il y aura toujours (et ce « toujours » violait déjà la loi voulant que l'élément à définir ne puisse pas figurer dans la définition).

Manuel se tordait de rire en imaginant des dialogues qui n'étaient drôles que pour lui :

« Allez, je n'ai pas toute la journée.

– Si, justement, *tu l'as.* »

Je comprends qu'il ait trouvé drôle cette blague maison : il suffit de s'imaginer vivant comme lui, en grand patron de son temps. Moi aussi, j'aurais ri comme un fou.

Il avait du temps à flots, et il voguait dessus en inventant des fêtes de pure rigolade pour commémorer le jour de la Saint-Jésus-Christ, de la Saint-Goliath, de la Saint-Âne-de-la-Crèche, des dates limites qui ne l'obligeaient ni à se dépêcher, ni même à célébrer quoi que ce soit, vu la non-comparution du saint en question.

Quelle veine il avait : disposer de tous les calendriers du monde et pouvoir les remplir à sa guise. Et sa chance suprême, sa chance incomparable : posséder de volumineux catalogues d'idées de choses à faire. Le comble, ce n'est pas que, avec tant d'heures devant lui, il pouvait faire ce qui lui chantait. Non, c'est que toute la journée, il trouvait de nouvelles manières de faire ce qui lui chantait. Sans cette phase deux, le malheureux qui ne dispose que de la phase une se balancera au bout d'une corde avant la fin du premier trimestre, étouffé par la frustration : après avoir attendu pendant une éternité d'avoir du temps pour lui-même, il se tape une chaudronnée d'étrons épicés quand il regarde sa montre et constate que c'est toujours le matin (sort qui attend de nombreux retraités).

Manuel continuait à faire des promenades interminables, mais jamais par les chemins humains, jusqu'à ce que les semelles de ses bottes aient mal. Des sorties qui lui rapportaient parfois (du bois, des pignons, de l'humus comme engrais pour les potirons) et d'autres dont la seule utilité était de lui révéler l'absence totale de remords qu'il ressentait en dilapidant ainsi son temps.

Les pièces de théâtre qu'il pondait étaient encore plus imbuvables qu'avant, à mon avis. J'irais jusqu'à dire que mieux Manuel se sentait, plus elles étaient mauvaises.

Il a commencé son aventure conique. Il s'est mis à dessiner en perspective conique (celle avec deux points de fuite) une ville complète, inventée. Il la projetait, au crayon et au stylo bille, sur une grande feuille de contreplaqué qu'il avait trouvée derrière le meuble mural du salon. D'un coin de la même feuille, il s'est fait une équerre maison. Dans la cour, il a trouvé une baguette dont il a tiré une règle. Il a gradué les deux instruments à l'aide du couvercle d'une boîte de thé carrée, son unité de longueur. Il a baptisé l'objet *manuélomètre*. Avec des heures et des heures devant lui, il pourrait tracer la cité avec une telle profusion de détails que, devant le dessin, on se demanderait : « Où a-t-il trouvé le temps de faire tant de rayures, celui-là ? » « Je l'ai découvert qui gisait par terre », dirait-il.

Il s'est consacré aussi à son jeu d'échecs diaporamisé. Si j'ai bien compris, il s'est construit un échiquier d'un mètre sur un mètre, mais au lieu des cases habituelles, il a peint un paysage réaliste à l'échelle. Il a représenté des sentiers, des cités et des citadelles, des gués, des coins de forêt et une zone portuaire. Je ne sais pas quelle a été l'incidence des irrégularités géographiques et urbaines sur les coups déterminés il y a des siècles. Mais je crois que Manuel s'est plongé dans l'entreprise avec une grande satisfaction.

Un jour, le temps s'est mis à la fête. Manuel s'est levé l'œil vif comme toujours pour découvrir que le soleil envahisseur chauffait sa maison sans en avoir demandé la permission. Il entrait comme une braise qui faisait de l'intérieur un gril et de son habitant une côte de bœuf bien juteuse. Le beau temps permettait de nouvelles occupations.

Les potirons lui donnaient de plus en plus de travail, avec le suspense de savoir s'ils seraient bons ou non. Un après-midi, en leur jetant un coup d'œil, il a remarqué dans un coin de la cour quelques feuilles en bouquet qui suggéraient une vigueur comestible. Il en a cueilli une, l'a reniflée et, peu à peu, l'a mâchée, prudemment, plus avec les incisives qu'avec les molaires.

C'était des bettes, qui poussent chaque année. Crues, minuscules, mais des bettes quand même. Il a cueilli le cadeau, l'a lavé, l'a fait bouillir et en a fait son dîner. Plus tard, des fraises sauvages sont apparues. Quelqu'un avait lancé des semences au cours d'une décennie antérieure et, le moment venu, l'espèce vivace renaissait. Et lui mangeait tout ce qui poussait.

Manuel passait ses grandes journées ainsi, en liberté, attrapant de petits fruits sauvages tel un pou sautillant qui suçote le cuir de la croûte terrestre.

Au moment où ses revenus augmentaient grâce aux conversations avec les élèves, il m'avait demandé des pinces à linge. Il voulait se fabriquer des pistolets comme je lui avais appris à le faire quand il avait six ans. Il s'est révélé un tireur de précision, je crois, puisque les prouesses qu'il me racontait étaient effectivement impressionnantes. Il pouvait abattre une mouche en plein vol, des exploits du genre. Il s'exerçait à décrocher le téléphone en frappant la touche verte d'un de ses projectiles.

Ensuite, il s'est lancé dans le tir à l'arc. Il s'est fabriqué un instrument avec l'une des deux cordes à linge (à cette époque, il ne faisait déjà plus très souvent la lessive) et un bout flexible de bois de frêne. Ça devait être du frêne, en tout cas. Lui ne savait toujours pas distinguer les essences. Ce fut un arc sans triomphe, puisque les bâtonnets qu'il utilisait en guise de flèches n'allaient jamais droit.

Il était toujours en mouvement, débordant d'activités. Par exemple, occupé à tripoter sa voiture dévalisée, il s'arrêtait un instant pour se demander : « Comment en suis-je arrivé là, à enlever les enjoliveurs des roues ? » Et il remontait chacune des étapes qui l'avaient conduit vers ses pneus.

Quatre heures plus tôt, Manuel essayait de faire entrer des haricots secs dans un pot vide en les lançant à cinq pas de distance. Un de ses coups a mis dans le mille et il est allé récupérer le projectile pour le lancer de nouveau. Le pot n'avait pas été bien nettoyé : après y avoir touché, ses doigts étaient poisseux. Il a décidé de le relaver, vu qu'il s'en servait beaucoup dans ses exercices. Tant qu'à y être, il a frotté plusieurs autres plats qui traînaient par là. Il les a rincés à la fontaine et les a rapportés, encore mouillés, à la cuisine.

Comme souvent, il a songé que ça l'embêtait de les laisser sécher sur le plan de travail, où s'accumulait une quantité d'eau qui finissait par inonder le sol. Il a pensé que le filet des oranges pouvait faire office de passoire s'il le suspendait à un crochet au-dessus de l'évier. Il en a trouvé un qui s'ennuyait dans l'auge-quincaillerie de la cour. À l'aide d'une vis, il l'a fixé au mur en faisant un trou au point de rencontre de quatre carreaux de céramique. Mais il avait été trop enthousiaste et l'ouverture était un peu trop ample. Un remplissage de plâtre s'imposait. À l'aide de son tournevis, il a gratté le crépi d'une des chambres condamnées. Il a écrasé la râpure entre deux cuillères et a ajouté à la poudre ainsi obtenue quelques gouttes d'eau et de colle blanche. Puis il a rempli le trou en laissant le crochet en place. En attendant que ça sèche, il est revenu à sa boîte de fixations diverses pour voir si elle recelait d'autres trésors. Entre les rogatons graisseux, il a trouvé du fil de fer tout emmêlé.

Le mortier devait être sec, s'est-il dit. Il a vérifié sa solidité et a suspendu le filet des oranges au crochet. Il y a mis quelques plats, qu'il avait pris soin de mouiller pour que l'examen soit complet. Le crochet et la maille ont tenu, et l'eau s'égouttait convenablement dans l'évier. Mais Manuel n'arrêtait pas de penser au fil de fer trouvé dans l'auge. L'idée de se fabriquer un chariot pour transporter l'eau de la fontaine lui trottait dans le ciboulot. Il avait trouvé dans la cour un cadre de métal, une barre de bois et d'autres inutileries. Avec le fil de fer, il pourrait joindre plusieurs morceaux.

Il ne lui manquait que des roues. Les enjoliveurs de la voiture feraient l'affaire.

Fin du parcours.

Quatre heures plus tôt, il avait commencé à jouer à lancer des haricots dans un pot. Quatre heures durant lesquelles il avait été aux anges. Son ravissement dura jusqu'à ce qu'il termine le petit chariot à eau et l'essaie (il a mal fonctionné, bien sûr). C'était comme ça tous les jours. Il vivait comme un pacha. Un pacha toujours occupé à s'amuser.

Des journées comme celle-là – et toutes ses journées étaient ainsi – ornaient de belles fioritures sa douce *puérilisation*. Sa *libellulisation*, comme je disais. C'était un autre luxe qu'il pouvait se payer. Parce qu'il en avait les moyens et, surtout, parce que personne (logique, il était tout seul) n'avait à supporter sa dérive. Le retour en enfance lui convenait, comme c'est le cas de ceux qui ont passé cette période sans affection parentale, sans scolarisation agréable, sans camarades de jeux, sans cadeaux d'anniversaire, sans renforcement psychologique, sans vacances en colo ou près d'une rivière ou d'une plage. Doux moments à se remémorer par la suite. Atteints d'infantilisme à l'âge adulte, ceux qui ont vécu leur enfance dans des conditions normales, propices et favorables deviennent des types sinistres. Inversement, ceux qui l'ont passée à encaisser les coups se transforment en hommes décents.

C'était le cas de Manuel. À Zarzahuriel, c'était un mec qui peinturlurait son temps comme un petit enfant gribouille sur le journal d'il y a un mois, faisant sa propre joie sans nuire en rien au journaliste auteur.

Le voyant, on l'aurait accusé d'être atteint du syndrome de Peter Pan. Mais ce n'était pas un syndrome : Manuel vivait réellement comme ce personnage. Autant diagnostiquer chez un Hongrois le syndrome du Hongrois. Certaines catégories de personnes étaient susceptibles de lui faire ce reproche : celles qui voient leur propre vieillissement comme le résultat d'un injuste complot contre leur personne. Celles qui courent toujours après le temps en traînant leurs horloges cyclopes. Ou pire : celles qui veulent grandir et n'y arrivent pas.

Manuel, lui, avait pris les devants. De fait, il s'amusait de temps en temps à simuler des ans l'irréparable outrage (se friper la peau du visage avec les mains, se fabriquer un début de calvitie avec la lame du rasoir, se saupoudrer la tête de farine pour avoir les cheveux gris) afin de voir ce que cela donnait, par simple curiosité. Par envie de s'approcher un peu de la détérioration, encore très lointaine.

Enfant, il avait déjà été une grande personne. Pourquoi en rester là aujourd'hui, puisque normalement on change d'âge avec le temps ? Avancer ou reculer, peu lui importait, à condition de vivre toutes les étapes.

Il allait partout vêtu de la veste que je lui avais refilée. Il l'aimait comme l'astronaute aime, j'imagine, sa combinaison spatiale, s'y accroche par tous les poils de son corps parce que, sans cette enveloppe protectrice, il ne peut survivre. Manuel aimait sa veste comme Fleming avait dû aimer la blouse qu'il portait lorsqu'il a démasqué le champignon. Même chose avec ses bottes, qu'il aimait comme Nuñez de Balboa avait dû aimer celles qu'il portait au moment de s'aventurer dans le Pacifique, sa découverte flambant neuve. Il est tombé amoureux de ces vêtements avec l'affection qu'on voue à ceux qu'on avait sur le dos lorsqu'on a dû tout laisser derrière, se remuer et trimer dur. Ceux qu'on portait au moment de faire des choses qu'il aurait été plus facile de ne pas faire, et qu'on a pourtant réussies.

De temps à autre, il passait un test de tranquillité/bonheur en cinq étapes, qui consiste à se demander où on voudrait être maintenant (1) et ce qu'on aimerait être en train de faire (2), quels obstacles nous empêchent de nous y consacrer (3), et comment les éliminer (4) pour faire ce qu'on rêve de faire (5).

Manuel arrivait à la deuxième phase des cinq et le jeu s'arrêtait. Parce qu'il n'y avait aucun autre endroit où il voulait être, ni aucune occupation qu'il aurait préférée à celles du moment : manger un peu, dormir le temps qu'il voulait, feuilleter un Austral, le plagier dans ses ordures théâtrales, recoudre une poche trouée, se tuer à marcher (je l'ai prié de ne plus partir sans téléphone, à cause de la peur bleue qu'il m'avait faite), scier cent bouts de bois dans sa maison au schématisme sanctificateur, obéir à sa physiologie, chaque fois dans un coin distinct de la campagne, penser à tout à la fois, puis chapitre par chapitre, se réjouir de tout, et recommencer.

Il ne se soumettait pas au test uniquement dans les moments où il se livrait à quelque action louable, comme préparer une soupe ou réparer un verrou. Au contraire, cette envie le surprenait souvent dans ces moments de laisser-aller, ceux où il paraissait quelque peu oligophrène, voire carrément débile, occupé à peindre des huit sur un bout de papier ou à faire un gâteau de boue décoré de feuilles. Ces travaux banals étaient toujours les meilleurs parce qu'ils l'immergeaient dans son activité de prédilection, sa tâche essentielle : se replier complètement sur lui-même. Se goinfrer d'apaisement comme un dé-normal, un anté-normal ou un pré-normal avait toujours été son passe-temps préféré. Mais il n'avait jamais pu s'y adonner avant d'arriver à Zarzahuriel. Manuel aurait fait un excellent junkie.

Son existence de mieux en mieux assurée, après presque une année passée dans le hameau, Manuel avait de plus en plus confiance. Il était arrivé à sa tanière dévoré par la peur de croiser quelqu'un qui pourrait mentionner son existence à un tiers, faire courir des rumeurs (délibérément ou non) sur un type bizarroïde qu'on avait vu tirer un madrier à travers champs.

Mais rien de tel ne s'était produit. Zarzahuriel était de toute évidence un lieu dépourvu de gens portés à alerter le ministre de l'Intérieur. Son réduit se révélait la *dé-souricière* idéale, l'*anti-piège* parfait, en vertu du ratio de rencontres avec d'autres représentants de son espèce (ratio de zéro à zéro unité). Un trou où paître tranquillement, caché sans palissade, planqué à ciel ouvert. Enchanté de la vie. Étranger au fait qu'il avait peut-être causé la mort d'un citoyen communautaire.

Manuel se laissait porter, péchant sans doute par excès de détente. Mais comment s'attendre à autre chose de sa part ?

13

Malgré tout, je continuais à me demander comment il pouvait supporter le manque de relations humaines, l'absence de palpitante proximité. Il devait trouver ça terriblement dur.

Cherchant une entrée en matière, je lui ai reparlé du chien, de l'idée que j'avais eue de lui faire parvenir un animal sur lequel reporter son affection. « Tu dois te sentir un peu seul », lui ai-je dit. Il m'a répondu que oui, qu'il se sentait très seul. Mais que c'était très bien ainsi. Il n'aimait pas l'idée de la bête en question parce que la présence dans la maison d'un autre mammifère l'importunerait. « J'aurais l'impression de devoir lui tenir compagnie et non l'inverse », a-t-il dit. Il lui arrivait quelque chose.

Il lui arrivait ceci : son absolue tranquillité n'avait rien à voir avec les gens et tout à voir avec leur absence.

L'émancipation matérielle dont il jouissait n'était rien à côté de l'autre, de l'indépendance réellement forte qu'il possédait désormais : je veux parler de l'émancipation affective. Il m'a dit sans ambages que son grand capital résidait dans le fait qu'il avait réduit à néant son besoin de tailler une bavette avec qui que ce soit. Cet affranchissement était décisif, l'éclaboussait de liberté, l'exemptait absolument.

Les symptômes étaient apparus la veille de Noël. Il n'avait pas perdu de vue la date, même si je n'avais rien dit au téléphone, voulant éviter tout rappel douloureux de sa solitude forcée. Bien sûr, il savait parfaitement quel jour on était. Il s'était amusé un bon moment à se demander pourquoi on déprimait à l'idée de passer cette journée seul. Lui avait été aux anges. Il avait célébré sommairement (une bûche supplémentaire dans le feu, un coucher un peu plus tardif). Ensuite, il a modifié agréablement le sens de la commémoration, convaincu que la seule chose digne d'être célébrée était le fait que rien ne l'était : si tout est parfait, rien ne peut l'être davantage (impossibilité rhétorique). Il s'est attribué le rôle de l'enfant Jésus et s'est fêté lui-même. Puis il s'est mis au lit, aussi content que le 9 février ou le 17 avril. Des dates qui, en dehors d'anniversaires personnels, ne disent rien de spécial à personne.

Au cours de l'hiver, il a observé un étrange phénomène. Le jour tombait et il ne sentait le besoin de parlementer avec personne (heureusement, il faisait une exception pour moi). La semaine passait de vie à trépas et il n'éprouvait pas l'envie de retrouver des copains ou encore une dame. Il se félicitait de sa situation, soulagé, se disant qu'il n'avait rendez-vous qu'avec lui-même. Il aimait pouvoir se dire qu'à huit heures, à dix heures, à l'heure de sortir, il pouvait rester à la maison et n'en faire qu'à sa tête.

Il m'a raconté qu'il passait des « examens de solitude » : il scrutait et traquait les ondulations de son esprit dans ce contexte d'incommunication, pour voir comment il y réagissait. Les semaines passaient sans que se déclare la moindre crise, dépression, angoisse, ennui ou inquiétude du fait de ne voir âme qui vive. Il réussissait tous ses examens haut la main. Avec des mentions d'honneur, lui qui n'en avait pas décroché une seule de toute sa putain de vie scolaire.

À Zarzahuriel, il avait compris – chose qu'il n'avait jamais soupçonnée – que son incapacité à se faire des amis était la manifestation projective de sa soif latente de solitude. Sa *malhabileté* en amitié révélait au fond son envie cachée de vaquer à ses affaires sans jamais voir un chat. Son incompétence dans le domaine des relations humaines signifiait qu'il n'en désirait aucune. Sa gaucherie affective était un dispositif souterrain destiné à maintenir son isolement. Des rouages hyperautomatiques, comme ceux d'une machine à laver. Même s'il ne s'en était pas rendu compte tant qu'il était en ville, son manque de savoir-faire en matière de connexion avec les gens était le tocsin qui annonçait la réclusion. Il avait passé sa vie à courir après des victoires (des amis, une copine) qu'il ne voulait absolument pas remporter. D'où ses échecs répétés. Il échouait pour son bien, pour réaliser son désir profond : échouer avec les gens et les voir s'éloigner de lui.

Au début, l'isolement du hameau avait été garant de la qualité de sa cachette. L'éloignement fonctionnait. Il l'avait rendu invisible aux yeux de la loi. Désormais, il souhaitait être invisible aux yeux du monde entier. Ne tomber sur personne n'avait pas pour unique bénéfice de le soustraire aux capteurs indétectables de la justice : sa réclusion le dispensait de croiser le regard de quiconque. On pouvait fouiller dans la tignasse de l'autosilence et ne s'entourer que de tridimensionnels aphones. Ne tomber sur personne servait, avant tout, à ne tomber sur personne. Maxime de l'appauvrissement maximal auquel il pensait très souvent en son for intérieur.

La panse pleine, les os au chaud et la tête débordante, il se sentait en sécurité à Zarzahuriel. À l'abri non seulement des forces policières, mais de tout le monde, des gens dont il s'était éloigné dans son isolement sanctificateur. Une prise de distance, un congé laborieux et une paresse appliquée lui permettaient un échec et mat incontestable, le rendaient plus heureux que des castagnettes que personne n'entendrait. Son *être* social était en réalité un *fut*.

On s'imagine en général que la solitude est le grand mal qui guette l'homme contemporain. Manuel y voyait plutôt un grand bien dont il n'était jamais rassasié. Il mordait dans celle qu'il avait et en redemandait, pour la mettre de côté, l'économiser, la dilapider à tout moment, comme celui qui réclame plus de chocolat, plus de tabac, plus de vacances. Comme celui qui désire plus d'amis et d'amour, monsieur Manuel convoitait plus de *personne* et moins de *quelqu'un*.

À Zarzahuriel, il y avait une essence d'arbre qui, sans dominer le paysage, y prospérait. Ses feuilles se terminaient par de petites langues (c'était sans doute un chêne). L'hiver, quelques-unes restaient accrochées aux branches, sèches et ocre. Le moindre souffle les agitait, et le son ressemblait à s'y méprendre à celui de pas humains. Que de fois il avait sursauté en croyant qu'un de ses semblables approchait. Pas parce qu'il redoutait le débarquement de la garde rurale, qui se ruerait sur lui au cri de « C'est lui, le vestibule de Montera ! » Mais par crainte de voir arriver un type, une typesse, un lourdingue qui viendrait lui contaminer l'heure, avec sa gamelle pour le goûter et ses petites histoires débiles. Par peur de voir surgir un bipède en chaussures, quel qu'il fût, qui viendrait l'enquiquiner avec ses problèmes et ses postillons.

Quand il se retournait en croyant entendre des pas, il n'y avait jamais personne, seulement des feuilles qui se dandinaient légèrement, seulement l'arbre qui semait la zizanie, puis riait de sa bonne blague. Manuel demeurait seul, indemne.

Dans sa liberté absolue, il aurait pu s'adonner à l'alcool, à l'héro ou à la pornographie juvénile, sans aucune possibilité concrète de réprobation sociale. S'il s'en est abstenu, c'était pour éviter de voir la tête des barmen, des dealers et des enfants, respectivement.

Le temps passait et il n'avait aucunement besoin de contact humain, ne désirait, comme vecteur de relation avec ses semblables, que les images qu'il en conservait. C'est ainsi que, par rafales, il se souvenait de ses parents, de ses connaissances fadasses, des quidams qu'il avait côtoyés dans ses boulots périssables, des êtres charmants de la fantocherie commerciale, des forces vives, de plus en plus philo-autoritaires. Il pensait aux gens en général, et à lui-même qui leur quémandait autrefois une invitation à prendre une bière.

Il aurait pu se mettre à vitupérer contre les fantômes de sa vie antérieure, à les asticoter de loin, à la manière d'un ivrogne qui va au zoo pour casser les couilles aux lions parce qu'il sait que les verrous sont bien tirés. Mais, plongé dans une saine mer d'indifférence, il n'avait même pas envie de le faire. Comme si le bourreau bourré avait repris ses esprits et était parti à l'étang aux oies et aux cygnes au lieu de lancer cailloux, insultes et mollards aux féroces félins farouches. Manuel s'en foutait désormais.

Il voulait se couper de tout contact, réfractaire aux bêtises qu'on soumettait à sa considération, imperméable aux péroreurs qui cherchaient à faire des liens, hermétique aux paquets de phrases avec lesquels on ne cessait de lui écorcher les oreilles et qu'il fallait écouter, comparer, adopter ou accepter. Je ne comprenais pas trop ce qu'il me racontait. Mais c'est comme ça qu'il s'exprimait.

Le secret consistait à vivre à l'écart, sans autres directives ou discours que les siens. Toutes nos dettes sont auprès des gens. Sans gens, pas de dettes. Seulement celles qu'on a envers soi-même. Soi-même, le seul débiteur auquel on ne peut échapper.

À bien y penser, les rares épisodes de ma vie qui n'ont pas abouti à une situation de honte bien fondée sont ceux que j'ai vécus seul, comme l'était Manuel à présent. À mon âge, j'en étais encore à retourner vaguement la question dans mon esprit, alors que mon neveu alimentait déjà de ses appréciations les carburateurs de sa praxis.

Il vivait de cette manière, accueillant avec plaisir l'heureuse *dépresence* humaine au phalanstère dont il était l'unique phalange. Comme un ermite dont la retraite est délibérée, convoitée, conséquente et définitive. Syndicat des solitaires radicaux qui avait toujours inspiré à Manuel une admiration lointaine qu'il ne comprenait que maintenant. Pour lui, ses membres feignaient d'embrasser une foi qui ne comptait pas plus à leurs yeux que ce qu'on récolte au bout d'un cure-dents. Il se plaisait à attribuer leur réclusion non pas à un quelconque credo mais au désir de se passer du monde entier, pour accéder à une enceinte où personne ne viendrait leur empuantir l'atmosphère.

Il accumulait avec avarice les jours de cloître. Ceux qui s'étaient écoulés lui paraissaient peu nombreux, tandis que ceux qu'il avait devant lui ne le seraient jamais trop. « Ces jours-là », c'étaient tous ceux à venir, jusqu'à sa mort.

On l'a déjà dit, Manuel n'avait rien d'un chantre de l'écologisme. Ce n'était pas un de ces adeptes de la reconnexion avec la nature qui s'en vont à la campagne pour pratiquer l'autosubsistance et l'artisanat du ciseau à bois, des nœuds et de la toupie. Il n'était pas de ceux qui gagnent les champs pour mieux revenir en ville recruter des consciences et gonfler les troupes du retour aux sources. Au contraire, il ne voulait jamais revenir, jamais recruter, jamais voir personne. Son intention était de rester seul, très seul. Et il se foutait pas mal de savoir si ce qu'il buvait et respirait était biologiquement pur ou cybernétiquement artificiel, si l'eau flairait la rosée ou le liniment, si l'air empestait les étamines ou le gaz butane. Ça lui était égal. Il aurait été aussi heureux de la vie dans la Tchernobyl morte de l'après-1986. Bourbier qui n'avait pas grand-chose d'écologique, celui-là, mais, avant tout, des limbes, un creux vidé de son personnel, débordant d'absence, prodigue en *aucuns*. Un lieu où s'installer, un idéal résidentiel. Comme l'était le coin de la lithosphère où il avait échoué. Avec un coup de chance extra, un cadeau inattendu : à Zarzahuriel, l'eau et l'air avaient un goût exquis. Exquiserie double en réalité, conférée par le milieu naturel et par le fait que les deux avaient la saveur de *l'absence totale de tout le monde*. Mais Manuel aurait savouré presque autant ces éléments dans le périmètre dévasté de l'Ukraine d'après la catastrophe, du simple fait de n'avoir personne autour de lui. En prime, on lui avait fait grâce de saloperies comme les additifs, les toxines et la pollution, et tout était d'une propreté absolue.

Rien, de sa vie antérieure, ne lui manquait. Pour Manuel, ses rares accomplissements étaient comme la chasteté dans la foi chrétienne : une réalisation coûteuse dont il aurait mieux valu se passer parce que tous ses prétendus avantages vous font du tort.

Dans la même veine, puisqu'il est question de chasteté, je continuais à me demander comment Manuel s'en tirait avec l'abstinence sexuelle. Dire au revoir aux gens en général, passe encore. Qu'ils se la ferment et ça y est. Voir disparaître le sexe, dont l'absence devait lui meurtrir cruellement le corps, c'était une autre paire de manches. Je n'osais pas aborder la question, de peur de le blesser. Je craignais de mal agir en évoquant un jeûne qui impliquait pour lui un cilice de hargne, de grogne et de rogne.

Manuel s'en ouvrirait, un jour. Mais plus tard, quand je me déciderais enfin à lui poser la question.

14

On reviendrait donc plus tard au désert charnel. Mais pour le reste, Manuel se foutait de tout. L'expression s'applique d'habitude à ceux qui n'en peuvent plus de se traîner, à ceux dont la bonne humeur a été exterminée, aux abattus chroniques.

Dans le cas de Manuel, la formule signifiait exactement l'inverse. Il se foutait de tout, au sens propre et littéral. Aucune éventualité qui puisse le troubler, aucun être qui puisse l'importuner, parce qu'il n'avait besoin de personne. Il avait déjà les quatre cacahuètes qu'il lui fallait pour vivre. Pour assouvir ses envies, il n'avait qu'à rester tranquillement assis sur son cul. Point. À la limite, il avait peut-être besoin de moi. Il se *dé-foutait* peut-être un peu de moi.

Son capital croissait par soustraction et non par addition. Sa richesse insigne était qu'il ne lui fallait ni fric, ni gens, ni affection, ni reconnaissance, ni encouragements, ni amours.

Voilà ce qu'il m'a sorti, un jour: «Je suis vraiment bien. J'ai dû faire quelque chose pour le mériter. Mais quoi? Pas la moindre idée.» Ou encore: «Le péché renferme déjà la pénitence. Ma pénitence, c'est tout ceci. C'est à croire que je n'ai pas péché.» Manuel s'enviait lui-même, accumulant les heures comme celui qui bourre un matelas de plumes.

Son esprit était tellement élargi qu'il en devenait courbe, tout comme la planète Terre sur laquelle il le déployait était (et est) ronde.

Parlant d'envie, je l'enviais, moi. Je dirais même plus. Je me voyais colonisé par le désir, forcément voué à l'échec, de l'imiter. Je voulais ressembler, sans y arriver même de loin, à mon neveu de vingt-cinq ans. Tout un chambardement de l'ordre logique en matière de propagation pédagogique.

Manuel sortait la nuit se gaver d'air pur, comme on prend du lait et des biscuits avant de se coucher. La terre devait dégager un parfum exquis. Il l'avalait à grandes lampées, comme qui se plonge le museau dans une chope de bière et la vide en deux succions tempétueuses. Il buvait avidement, étanchant une soif accumulée depuis des années, avec une agréable petite douleur aux amygdales et un peu de délire à cause de la brusque inondation de pureté. Il l'aspirait à fond, cette pureté, l'acheminait vers son intérieur comme un auto-viol. « L'air d'ici est un mélange d'azote, d'oxygène et de paroxysmes », a-t-il songé un jour.

Il essayait de me communiquer ses émotions jouissives par téléphone. Il parlait, parlait, avec un lyrisme improbable. La lune par-ci, la paix par-là, le ciel, ce genre de conneries. Des métaphores merdiques, dont lui-même disait qu'elles étaient à chier. Il s'angoissait en voyant qu'il n'avait pas réussi à me transmettre ses sensations. Alors il forçait encore la note et je comprenais encore moins la chanson. Mais je l'entendais qui bredouillait et ça voulait dire qu'il était aux anges. Malgré tout, il avait fini par me faire comprendre.

Il recherchait le silence, comme on peut rechercher les biens, les vœux, les biffetons, les bisous ou les copains. Il s'y plongeait, sursautant si le calme était rompu par un petit cui-cui d'oiseau, le craquement des dernières braises ou la rumeur furtive d'une mouche qui se frotte les pattes.

Il était écrasé par le filon de non-bruit, par son onde blanche. Longueur d'onde ? Zéro nanomètre. Il était enrubanné de calme, étourdi par la densité cimentaire de cette absence totale de son, le fracas scandaleux de son tsunami de taciturnité.

Sur ce point, il essayait de modérer son délire, sachant qu'il faisait peur par moments. Un jour, il m'a parlé du *Kursk*, ce sous-marin russe qui avait sombré en 2000. Certains marins y sont restés enfermés durant des jours. Un funeste accident qui s'est soldé par la mort de tous les membres de l'équipage en raison de la malhonnêteté des autorités gouvernementales, qui ont affiché en mode plein écran leur absence de scrupules.

Manuel, lui, pensait au dernier survivant. Un homme qui a dû éprouver un moment de paix exacte, curieuse et parfaite, là-dessous, dans sa solitude incontestable, avec un océan de silence planant au-dessus de lui qui savourait un moment de quiétude torrentielle à nul autre pareil. Pour un peu, Manuel l'aurait envié.

Il a baptisé son lit *Kursk*. Le sommeil, quand il s'emparait de lui, le surprenait souvent en train de se réjouir du silence total de sa couche. Un silence aux dimensions sidérales, une élision totale des vibrations, comme si on se trouvait à l'intérieur d'un bloc d'aluminium de trois mètres sur trois. Un silence absolument net, à croire qu'on avait décousu les oreilles de Manuel pour les poser au fond d'un cratère sur Jupiter. Pareille absence de son l'enthousiasmait, et puis tout à coup il se demandait si ce n'était pas lui qui était devenu sourd. Il claquait des doigts pour faire le test ou disait : « Barthélemy ? » Il n'était pas sourd. Enclume et marteau étaient encore à leur place dans sa quincaillerie auriculaire. Halluciné de paix, Manuel cherchait le bruit d'une moto et n'en trouvait pas. Il n'y en avait pas. Il finissait par laisser aller ses paupières, le drap pressé contre le bas de son visage, se vissant au sommeil, centrifugeant sa certitude qu'aucun décibel ne flottait dans l'air, jusqu'à tomber tête la première dans sa piscine insonorisée de chocolat chaud.

Il trouvait électrisante l'intimité autotrophe qui consistait à dormir tout habillé et à se lever tout aussi habillé, à porter les mêmes vêtements une semaine ou deux sans les enlever une seule fois, et à se recoucher chaque fois pareillement fringué, laminé et étanche afin que rien de lui ne s'échappe.

Il se levait adepte de son entourage. Non pas amoureux, mais *amouriné*. Être amoureux était un état très différent. Différent et banal, et qu'il avait éprouvé, surmonté, dépassé. Et qui avait par conséquent très peu de chances de revenir le chatouiller.

Il attaquait sa journée comme un retraité de tout et de tous, plongé dans son euthanasie sociale auto-administrée, certain de ne jamais avoir raté quoi que ce soit dans quelque lieu que ce soit, en dehors de la capsule où il était apparu comme par enchantement.

Il vivait dans un état totalitaire de liberté, dans un régime autoritaire de libre arbitre absolu, rempli d'édits et de décrets lui ordonnant de faire exactement ce qu'il voulait toute la putain de journée, et dont le non-respect lui vaudrait des amendes et des peines de prison. Des sanctions qui ne draineraient aucun compte bancaire, des condamnations qui n'entraîneraient aucune incarcération. D'ailleurs, on n'a pas eu à les appliquer, Manuel n'ayant jamais enfreint les lois de sa dictature à l'envers.

Deux épisodes alarmants ont laissé croire à un excès d'attachement aux fruits de la terre généreuse de Zarzahuriel. D'abord, le délire horticologastronomique. Manuel est revenu des champs, qui lui rendaient son amitié, chargé de trois buissons repoussants, cueillis au pif, et qui devaient vous arracher les yeux rien qu'à les regarder. Il les a fait cuire, chacun à part, et les a essayés à tour de rôle. L'un des trois lui est tombé sur l'estomac comme une tonne de briques acides, un autre a failli le tuer.

Le troisième ne lui a pas fait mal, ni au ventre ni même au palais. Manuel n'a jamais su comment il s'appelait, à quoi bon. Peut-être qu'il venait de s'envoyer dans le gosier ce qui avait été en son temps du fourrage de mammouth, une mauvaise herbe qui lui assécherait le sang, une flore que les vaches avaient répudiée ou un légume convoité par les Japonais, qui déboursaient des brouettées de yens pour s'en faire servir dans leurs clubs privés.

Mais l'autre incident a été le pompon. Un matin, Manuel passait par un de ces coins perdus qu'il éraflait souvent de ses pas quand il a vu une sorte de bosse blanche. La couleur lui a semblé étrange et il s'est rapproché. C'était une cigogne morte. Elle avait dû se casser le je-ne-sais-quoi, crever de vieillesse ou se suicider parce qu'elle ne trouvait pas de clocher, je ne suis pas très calé en ornithologie.

Affolé par ses divagations à propos de la communion avec les organismes campagnards (plutôt qu'avec les connards de sa vie antérieure), il l'a agrippée par les pieds ou par les pattes, va savoir sur quoi ils marchent, ces machins-là, et l'a emmenée chez lui. Déjà, son récit me soulevait le cœur, mais il y avait pire. Manuel a plumé la bête et, à l'aide de son couteau, lui a retiré les parties qu'il trouvait les moins viables. Les ayant jetées, il a découpé le reste en morceaux qu'il a mis à cuire. Il en a tiré un bouillon et des os à suçoter, j'ai envie de gerber rien que d'y penser. Apparemment, il ne s'est pas empoisonné. Il a affirmé avoir trouvé le plat du jour tendre et revigorant. Beurk.

Il a mangé les herbes et le ciconiidé pour avaler ce qui lui arrivait. Il se mettait des trucs dans la bouche parce qu'ils sortaient de son coin de pays et y retourneraient. Il les avalait pour le plaisir de mordre le substrat sur lequel ses pieds prenaient appui. C'était comme manger la terre zarzahurielesque. Qui mange la terre ? Les enfants inadaptés, les autistes, les adultes latéraux, les pelés du crâne, libérés de ce qu'il y a dessous. Il se rapprochait d'eux en avalant de la végétation et de la viande improbes. Poursuivant le syllogisme, il se tordait de rire.

Dans son ineptie, Manuel s'étonnait à l'idée qu'il existe des gens qui ne mangent pas de ça (ces sales cochonneries, quelle folie). Il riait en pensant à ce qu'ils manquaient.

Des événements du genre laissaient soupçonner que Manuel commençait à rouler sur les pentes savonneuses de la lubie. Mais il fallait l'excuser : sa seule limite était qu'il jouait à la fois avec les blancs et les noirs, sans risque de jamais perdre. Il volait sans filet. Mais on ne met pas de filet sous les avions non plus, et voyez comme ils sont heureux dans les airs.

Lui, mine de rien. Lui, rayonnant. J'ai profité d'un de ses moments d'enthousiasme (presque tous ses moments en étaient) pour lui demander enfin comment il supportait de vivre sans sexe, sans accès à un autre tronc, avec les glandes qui lui hérissaient les poils, avides de jungle. Manuel avait beau maîtriser ses pulsions, il devait sortir de son flanc assez de liquide pour remplir plusieurs cruches.

À ce sujet, Manuel avait les idées bien nettes. Il m'a raconté qu'à son arrivée à Zarzahuriel il se sentait presque libéré de cette tyrannie depuis un bon moment déjà. Il savait que, s'agissant de se rapprocher des gens, et à plus forte raison des femmes, sa manière de faire laissait beaucoup à désirer. Cette expression lui a donné une piste : il devait *renoncer beaucoup à désirer.* En arriver à l'affaiblissement, puis à l'extinction de ses envies, puisqu'il ne voulait rien savoir du rapprochement qui permettrait de les satisfaire. Le dossier du déclin du désir avançait assez bien. Manuel m'a informé qu'il existe un phénomène semblable à l'anorexie pour d'autres appétits, et que c'est à cet état qu'il aspirait. Qu'à force de s'exercer, il avait conquis la bienfaisante faculté de ne plus ressentir la faim sexuelle, et qu'il cherchait aussi le moyen de désactiver ses autres besoins humains.

Selon lui, pas de meilleur garant pour la société que la *dénecessité*, mot qu'il a dû inventer pour désigner le manque d'appétits qui caractérisait son état. Il s'entraînait à cette fin : le court-circuitage des besoins. Entre autres, le besoin de sexe. Il m'a raconté qu'il cultivait l'impuissance comme d'autres entretiennent leur puissance, grand bien leur fasse. Malgré tout, il lui arrivait de rendre visite à la veuve Poignet, de *se manuéliser* en somme, lorsque le soleil pénétrait vigoureusement dans la maison : même si on a mutilé ses instincts, il faut bien se mettre quelque chose sous la dent. Le soleil avait l'avantage d'être une entité en dehors du régime animal, ce qui lui évitait – supériorité éclatante de l'astre du jour – les tête-à-tête importuns, les sourires et la conversation, que ce soit avant ou après l'acte.

Quand la lumière se glissait dans la maison, Manuel en avait envie, et il acceptait, se laissait faire, disait-il. Parce qu'avec le soleil, il se sentait non pas comme un sujet quémandant de l'amour, comme le branleur universel, mais comme un objet recherché, désiré, courtisé. Et parfois il disait donc à cette grosse masse brulante : Viens, allez, bon, un petit coup et puis s'en va. La vérité, c'est que Manuel commençait à divaguer et à faire des commentaires qui, aux oreilles d'un esprit normal, ne cadraient pas. Il se trouvait dans une piscine dont il ne touchait plus le fond. Et alors ? Il maîtrisait les quatre nages.

Et voilà comment vivait mon neveu. En suspension, plongé dans un enchantement délibéré. Il regardait, au fond de lui, la vitrine de ses soucis : elle restait vide, sans un seul soulier, mannequin ou étiquette de prix en vue, un mur flambant nu, pendant que la lumière d'après-midi léchait, languide, la toile de fond de la scène abandonnée.

15

C'était un vendredi. Comme ç'aurait été un lundi ou un dimanche, *pilbé* ou *térane*, le jour -12 ou le jour x 26 du mois de *zerdore* ou de *bardine*. Dans la mer des jours, toutes les gouttes se ressemblaient.

À six heures du soir, dans la cuisine, Manuel poivrait une pomme de terre rôtie tout en réfléchissant au fait qu'il existe un mot pour dire que quelque chose manque de sel (« fade »), mais pas pour exprimer un manque de sucre. Des envolées de poids, pour ainsi dire.

Tout de suite après, la tragédie s'est abattue sur sa tête comme une machinerie de scène mal arrimée. Un bruit oublié l'a arraché à la sémantique. Ce n'était pas la rauque fourgonnette mensuelle du Lidl qui, de toute manière, ne passait pas le vendredi. Plutôt une voiture de tourisme, une rareté exotique, qui s'approchait de chez lui. C'était le jour du coup de fouet.

Après une année vécue avec la certitude d'avoir trouvé la cachette idéale, la terreur d'être découvert, attrapé et poursuivi en justice a déferlé sur Manuel tel un vomissement de lave. Il est resté rivé à un carreau du sol, passant mentalement en revue les signes qui pourraient révéler sa présence à des yeux étrangers : une lumière allumée, une odeur, des chaussettes suspendues à la corde à linge. Aucun n'était présent, mais il a préféré arrêter d'y songer pour éviter que ses tripes cèdent sous l'effet de la peur. Heureusement, l'âtre n'était pas allumé et aucune fumée ni odeur ne le trahissait.

De la stupéfaction, il est passé à une agitation inédite. En quelques enjambées silencieuses, il s'est trouvé au premier étage, sentant à tort mais d'instinct que l'éloignement vertical rendait sa capture moins probable. Pendant qu'il montait, il a entendu le véhicule passer devant sa porte et s'immobiliser sept mètres plus loin. C'est-à-dire devant la maison bleue, celle qui était collée à la sienne. Manuel se penchait déjà vers un volet laissé ouvert par distraction et espionnait de biais.

Deux personnes sont descendues de la voiture. L'une était un dandy en costume, qui transportait sous un bras un cartable portant le nom d'une agence immobilière. L'autre, une femme d'une soixantaine d'années. Le couple s'est dirigé vers la maison bleue. Sortant un trousseau de clés, l'homme a ouvert la porte. Ils sont entrés avec force sourires commerciaux. Manuel a collé une oreille à la fenêtre dans l'espoir de suivre la conversation, dont il captait des bribes : on avait omis de fermer la porte de devant. Durant la demi-heure qui a suivi, le type de l'agence a montré la maison à la femme, chantant ses louanges de la voix tonitruante qui convient à ce genre d'opération. Puis ils sont repartis dans la même voiture, avec d'autres sourires et d'autres mauvaises blagues.

La maison bleue était donc à vendre, et une possible acheteuse l'avait visitée. Si on n'y avait pas mis de panneau, c'était parce que personne n'était passé par Zarzahuriel depuis des années. Mais la maison était prête à recevoir des occupants. Et une candidate s'était pointée.

Il est troublant d'entrer dans la forêt mentale de celui qui vient de recevoir la pire des nouvelles. On réagit parfois à un désastre de façon saugrenue. Manuel a eu l'idée de s'asseoir sur une marche, d'enlever ses chaussures et de se tailler méthodiquement les ongles d'orteil. Il est resté là, muet, à regarder la rencontre de ses doigts de pied avec les ciseaux, produisant de petits claquements agréables qui entrecoupaient le silence.

Sortant enfin de sa stupeur, Manuel a flippé. Il a flippé comme si on l'avait informé qu'une assemblée législative innovatrice avait modifié les lois de la gravité et que, désormais, les choses, au lieu de chuter, monteraient par elles-mêmes dans les airs. Miguel avait atterri à terre, *atterré*. « Il fallait que ça arrive, il fallait que ça arrive », m'a-t-il répété quand je l'ai appelé. Malgré toutes nos précautions, nous risquions le pire, et j'avais beaucoup de peine pour lui.

Ce que j'ai fait ensuite est innommable. Avec l'apparition de ces visiteurs, l'état de clandestinité de Manuel était menacé. Il fallait, plus que jamais, redoubler de vigilance. Pour que mon neveu comprenne toute la gravité de la situation, je lui ai raconté, très mal à propos, je l'avoue, que selon mes lectures de la presse numérique, il avait peut-être tué l'anti-émeutier du vestibule.

Aussitôt, j'ai été renversé par l'énormité de ma gaffe. Dieu sait que je ne voulais qu'inciter Manuel à la prudence et que je cherchais, avec la meilleure volonté du monde, à le convaincre de faire encore plus attention en raison de la nouvelle donne. Parfois, je suis une triple buse, avec tous les honneurs dus à ce rang. Ça me troue d'être une grande gueule. Ça me broie d'être un dégueulasse.

Manuel n'aurait jamais commis la même erreur avec moi. Là aussi, il me battait à plate couture. Bon joueur, il a fait comme si de rien n'était, affirmant qu'il était presque préférable d'être au courant du décès et pouvoir agir en connaissance de cause. J'avais mal choisi mon moment, c'est le moins que je puisse dire. Mais pouvait-il y avoir un moment propice à une telle annonce ?

Les jours ont passé sans que les Martiens fassent de nouveau sentir leur présence. Jours d'angoisse pour Manuel, assombris aussi par la nouvelle du journal numérique. Au cas où quelqu'un reviendrait, nous avons monté une simulation d'absence. Manuel gardait les portes et les fenêtres fermées et ne s'éloignait pas trop de la maison. Dans ses moments d'optimisme, il se disait que la dame avait peut-être retenu une autre option et qu'elle ne remettrait jamais les pieds à Zarzahuriel.

Mais non. Deux semaines plus tard, un vendredi, Manuel a vu apparaître trois voitures débordant de monde. Elles se sont garées devant la maison bleue avant d'expulser une douzaine d'omnivores, de ceux qui cachent leurs organes génitaux. On avait affaire, non plus à une femme seule, mais à un peloton composé d'éléments d'âges variés et de traits génétiques similaires, comme s'ils représentaient diverses branches d'un même arbre généalogique. Manuel était parvenu à ne croiser personne qui mette en péril ses limbes juridiques, et voilà qu'une troupe pleine d'yeux et d'oreilles dont il devait se cacher sous peine de mort *de facto* prenait les lieux d'assaut.

Manuel est monté au premier, par l'escalier, puis au grenier, par l'escabeau. Carreaux et bois ont protesté, mais le vacarme des nouveaux venus a enterré le bruit. Tout de même, dans la maison d'à côté, Manuel devinait déjà le murmure de son démasquage.

Il a tenu le coup, tapi là-haut, jusqu'au dimanche après-midi, quand ceux-là sont partis enfin. N'ayant pas prévu leur éternisation et n'osant pas descendre à la cuisine, il a eu terriblement faim. Il s'est jeté sur ses pois chiches bouillis dès qu'il a entendu les voitures s'éloigner.

Sans baisser sa garde pour autant, il essayait de se convaincre que ce week-end avait correspondu à un pèlerinage et qu'ils ne reviendraient pas avant la prochaine fête d'une quelconque Vierge, dans un mois ou dans un an. Quand ils ont rappliqué le vendredi suivant, avec plus de boîtes, plus de sacs et plus d'enfants, et quand d'un camion de déménagement sont sortis force meubles et cartons, Manuel a compris qu'il venait d'être envahi par un troupeau de visiteurs du dimanche qui passeraient là le week-end complet. La présence des nouveaux venus expliquait pourquoi pour les portables captaient à Zarzahuriel. Ils avaient dû prendre les mesures nécessaires il y a un moment déjà, sachant qu'ils allaient commencer à venir régulièrement. Le fait d'avoir du réseau, qui lui avait semblé une chance inouïe, était en réalité le signe avant-coureur d'un grand malheur. Soit la présence d'étrangers.

Deux catastrophes venaient de lui tomber dessus. D'une part, de possibles témoins de son installation étaient arrivés dans le coin et risquaient de le dénoncer. Peut-être involontairement, d'ailleurs, mais avec les mêmes conséquences néfastes que s'ils l'avaient fait exprès. D'autre part, la compagnie d'êtres humains, peut-être plus redoutable encore, et aussi indésirable qu'un oignon d'oreille.

Manuel n'avait d'autre choix que de fuir. Il n'arrivait pas à voir comment il trouverait le courage d'abandonner le seul lieu où, de sa vie, il s'était senti bien. Mais aucune autre option ne s'offrait à lui.

Il s'est précipité vers sa voiture. Réflexe absurde, vu qu'il était incapable de la faire démarrer. Après tout, il la pillait depuis des mois. Moi, je n'ai jamais appris à conduire, et je ne sais pas trop comment un véhicule manifeste son refus d'obéir. Mais j'ai imaginé Manuel qui tournait la clé, appuyait sur les pédales, cherchait à distinguer les qualités musicologiques des bruits que la voiture faisait *avant*, qui n'étaient déjà pas terribles, et *maintenant*, encore moins terribles.

Je l'imagine déchiré à l'idée de réveiller le tacot pour fuir son Zarzahuriel bien-aimé. Comment aller si nettement à l'encontre de ses propres désirs ? Mais en manipulant clés et leviers, il a dû se rappeler que le réservoir à essence était vide et que la batterie, faute de dialogue, avait rendu l'âme. Et le moindre coup d'embrayage a dû révéler que l'huile s'était changée en margarine, le liquide de freins en solide et l'antigel en glaçons. Les oiseaux avaient sûrement déjà aspiré tout l'air des pneus, réduits à des jantes dépouillées de leurs enjoliveurs. Et si par miracle la voiture démarrait malgré tout et que la pluie surprenait son conducteur, Manuel ne pourrait voir la route sans essuie-glaces. Mais au moins, étant donné l'usage qu'il avait fait de ces derniers, il s'en irait, maigre consolation, le dos libéré de ses démangeaisons. La voiture n'a même pas tenté de prendre vie.

Je ne pouvais pas aller le chercher. Sur la conduite automobile, j'en sais aussi long que sur le pâturage d'un troupeau de lamas des hauts plateaux. J'aurais pu demander à quelqu'un de s'en charger, mais il aurait fallu une personne de confiance. Or je ne faisais confiance qu'à Manuel. Point final. Avec les autres, oubliez. Il n'y avait pas de candidat, vu que je ne pouvais révéler que j'avais un neveu fugitif.

Deux personnes, Manuel et moi, étaient au courant de ce qui s'était passé dans le vestibule de la rue Montera, et c'était déjà trop. Pas de place pour un troisième larron dans le secret.

Ce jour-là, je me suis renseigné sur les auto-écoles, avec l'idée de décrocher mon permis et d'aller chercher Manuel dans un délai raisonnable. J'ai trouvé une page d'exercices en ligne. Je n'y entendais goutte, même pas les questions, et encore moins les réponses. Je n'ai compris que le symbole de CÉDER LE PASSAGE, que j'avais vu sur des panneaux. Mais si je me concentrais, je pourrais sans doute prendre la route au volant d'une voiture louée dans les six mois.

Manuel a proposé une autre idée absurde : se lancer à pied à travers champs. En pratique, ça revenait à se rendre aux autorités. Il ne pouvait errer en plein air avec la menace qui planait. Bouger, c'était crever. Malgré les risques liés aux nouveaux venus, se laisser voir en pleine campagne était plus dangereux encore que de rester à Zarzahuriel.

J'ai envisagé une autre possibilité, tout aussi farfelue : aller le chercher en taxi. Mais il m'a suffi d'imaginer la séquence des événements pour renoncer à ce projet. L'idée aurait été géniale si seulement Radio Taxi avait compté une division appelée Taxi Invisible, spécialisée dans le transport de fugitifs qui, à la recherche d'une grotte où s'installer, fouillent durant un temps indéterminé des régions désertes, et avait employé des chauffeurs prêts à garantir leur silence en acceptant de se faire liquider après la course.

Ensuite, j'ai compris qu'au-delà de l'évacuation de Manuel le gros problème avait trait à la suite. Il faudrait qu'il vienne à Madrid. Où il devrait rester caché dans un grenier ou sous un lit pendant un temps indéfini. Il ne pouvait pas acheter une voiture et partir à la recherche d'une nouvelle planque sans avoir à montrer ses papiers d'identité. Pour ma part, sans permis de conduire, j'avais les mains liées.

Manuel n'avait ni d'autre refuge ni d'autre moyen d'en chercher un. Ce qui réduisait à zéro le nombre d'issues (le néo-complice avec une voiture, l'auto-école pour moi, l'odyssée à travers monts et vaux, le taxi).

Il devrait rester à Zarzahuriel et supporter quarante-huit heures d'immobilité hebdomadaire, du vendredi au dimanche. Caché, non pas comme une moule qui affiche le noir de sa coquille et son odeur marine. Mais comme une moule arrosée d'eau de Cologne et glissé dans la poche du pardessus d'un mort inhumé dans une crypte. Le paysage devenait assez répugnant.

Nous avons dressé d'urgence une liste de précautions à observer et de provisions à stocker durant les heures de présence des étrangers.

D'abord, tout barricader. Les fenêtres et les trois portes (celle de la rue, celle de la cour, celle entre la maison et la cour) devaient être fermées au moyen de cordes, de cadenas et de bâtons bloquants. Si un jour ces gens-là avaient l'idée d'entrer dans la maison, ce qui était loin d'être impossible, ils tomberaient sur assez de signaux pour se rendre compte qu'elle était habitée. Il fallait donc les confiner dans l'espace *extra muros*.

Manuel ne pourrait allumer aucune lumière visible de l'extérieur, surtout la nuit. Il devrait boucher toutes les ouvertures pour que personne ne puisse voir à l'intérieur, même le nez collé à la vitre. Il a récupéré à cette fin les panneaux qu'il avait fabriqués à l'aide de boîtes d'emballage du Lidl. Il devait faire le pari que les gens ne remarqueraient pas la différence entre les vitres sales, mais sans panneaux, et les vitres condamnées.

Bien sûr, il faudrait éteindre le feu dans l'âtre, son foyer, le centre immobile de la maison. On était déjà en juillet et il n'aurait pas besoin de chauffage, mais il devrait manger froid tout le week-end.

Aucun bruit. Un silence imposé, très différent de son calme adoré. Il devrait marcher nu-pieds, sans ses bottes bien-aimées. Il ne pourrait pas laver la vaisselle. Ni dans la maison, par peur du bruit, et encore moins à la fontaine, comme il en avait l'agréable habitude. Il faudrait même tourner sans stridence les pages des Austral.

Il devrait couper le portable, ce qui le mettrait dans l'impossibilité de converser avec les étrangers le week-end. Dans l'impossibilité aussi de recevoir un appel de moi, si je m'oubliais et lui téléphonais par erreur. Je n'ai jamais fait cette gaffe, et lui n'a jamais fait celle de laisser l'appareil allumé, mais durant les jours de non-communication, il me manquait beaucoup.

Toujours alerte, Manuel a compris, juste à temps, que la livraison du Lidl ne devait plus s'effectuer le samedi. Heureusement, parce que si on avait négligé ce point, les gens du week-end auraient pu voir passer la fourgonnette et interroger le chauffeur sur la commande, sur le voisin… J'aime mieux ne pas y penser. J'ai modifié le jour, qui serait dorénavant le premier mardi de chaque mois. J'ai appelé le Lidl pour m'assurer que tout se passerait bien. Pas question de nous laisser prendre pour une erreur aussi bête.

Quiconque s'approcherait de la maison verrait entre les mailles de la clôture toute la cour de Manuel. En plus, on en avait une vue plongeante du haut de la mansarde avec ses claires-voies. Il dut donc effacer toute trace de sa présence. Le vendredi midi sonnerait le tocsin lui intimant de ramasser tout signe d'industrie humaine : le chariot à eau, les pinces à linge, l'arc, la vaisselle sale, les vêtements mis à sécher. Sa voiture était encore en trop bon état pour qu'on y voie une simple carcasse abandonnée. Il l'a égratignée davantage, il a cassé quelques vitres, a crevé les pneus et l'a ensevelie sous des débris. Sa voiture de cinquième main. Celle qui l'avait amené jusque-là.

Le pire a été le coup des potirons, déjà florissants et bien pourvus en feuilles. Ils n'avaient produit pour l'instant que huit fruits, encore tout petits. Mais après les avoir si bien dorlotés, Manuel pouvait espérer une belle récolte dans deux ou trois mois. Hélas, le fait qu'ils poussent en rangées et non au hasard, dans une terre sarclée et aérée plutôt qu'entre les mauvaises herbes d'un sol dur, le trahirait immédiatement.

Il a dû les arracher. Tous. S'arracher dix poils de nez et d'oreilles n'aurait pas été plus douloureux. Il a recouvert la terre propre d'une épaisse couche de mauvaises herbes. Puis il a piétiné le périmètre pour éliminer le moindre signe de santé édaphique, tout en se demandait depuis quand il ne s'était pas vu obligé de détruire une chose qu'il avait lui-même créée. Longtemps.

Après ces préparatifs, nous avons dû déterminer l'endroit où il subirait le siège hebdomadaire. Le plus prudent était de monter au grenier, là où on risquait le moins de détecter sa présence, et de se tenir coi. Manuel s'y rendrait le vendredi à cinq heures, bien pourvu en eau et en vivres. Dans des circonstances différentes, sans pouvoir cuisiner ou réchauffer quoi que ce soit, il aurait dû se contenter de sandwiches. Mais dans son cas, n'ayant presque jamais de pain, il devrait se débrouiller autrement. Il était indispensable par ailleurs de se munir de livres, de papier et d'un stylo bille, de ses travaux de couture, de tout ce qui pourrait l'aider à tuer les heures.

Monter au grenier le matelas à ressorts n'aurait pas été une sinécure. Pour l'instant, il s'arrangerait avec une pâle imitation : étendre sur le sol les couvertures et le sac à dos dont il n'avait pas besoin pour l'instant. Mais les jours froids reviendraient, et alors il aurait le choix : monter le matelas chaque vendredi ou dormir à même le sol.

Du vendredi au dimanche, il était capital de n'allumer aucune lumière dans le grenier. La mansarde serait son cocon silencieux durant tout le week-end.

Il se voyait assujetti désormais à des horaires, soumis à des programmes et limité par des dates. Tant de contraintes pour un homme accoutumé à prendre ses aises et à respirer à son rythme.

J'ai déjà dit que la mansarde avait deux petites fenêtres d'où on voyait la poupe et la proue de sa maison et celles des voisins. Manuel les surveillerait en permanence, alternant entre la tour de guet du côté nord et celle du côté sud pour pouvoir manœuvrer selon leurs mouvements. Il bénéficiait d'un angle assez large qui lui permettait de bien voir. Il les entendrait sans doute aussi relativement bien. Manuel a baissé le panneau solaire pour qu'il se remarque moins.

Il lui serait interdit de sortir la tête par la fenêtre. Il devait couvrir les ouvertures de manière à voir sans être vu. Il s'est confectionné des rideaux de fortune avec le morceau de plastique, presque opaque à cause de la crasse, qui enveloppait les Austral à son arrivée à Zarzahuriel, et les a fait tenir à l'aide d'une bande de ruban isolant collée aux traverses supérieures. Ils s'entrouvraient assez difficilement. Manuel serait une taupe voyeuse.

Le vendredi à six heures du soir, chaque vendredi désormais à six heures, ils revenaient. Dès le début, semaine après semaine, Manuel a passé son temps à les observer et à les écouter, à travers son plastique amovible, converti en périscope muni d'une antenne. Les oreilles et les yeux ouverts pour savoir à tout moment où se trouvaient les hurluberlus qui assiégeaient son ineffable Zarzahuriel.

16

Les spécimens qui sont arrivés le premier week-end devaient être les membres immédiats de la famille qui occupait la maison. Les visiteurs suivants étaient sans doute des cousins, suivis des amis, puis des amis des amis. Puis de grappes entières. Car ils se ressemblaient tous, pains d'une même fournée, semblables dans les anatomies, ou les tenues, ou les usages, ou les trois à la fois. Entre les oncles, les beaux-frères et les copains, Zarzahuriel voyait maintenant défiler une foule des gens de tous les âges.

Manuel a pris l'habitude de désigner ce conglomérat humain, global et uniforme, par un nom de son cru : la Mochefèse.

Ils venaient à bord de trois ou quatre véhicules immenses, hors échelle, et garaient leur ostentation dans la pureté zarzahurielesque. Ils avaient maintes valises de volume conséquent, pour pouvoir changer de vêtements trois ou quatre fois par jour au cours d'une visite qui en comptait deux.

Ils portaient des traces très nettes de leurs racines, les signes physiques de l'Espagnol séculaire qui, il y a trois ou quatre générations, avait gagné la capitale pour s'offrir une vie meilleure. Les rejetons actuels, renégats et apostats, avaient beau se donner des airs de citadins sophistiqués, on voyait à l'œil nu, chez eux, les siècles de houes, de fourrage, de mouches et de graisses animales. Et pourtant, ils faisaient des blagues sur la puanteur de la campagne, se targuaient de bien connaître les rues de la capitale, exhibaient des autocollants de l'écusson de Madrid avec son ours et son arbousier et se moquaient de tout ce qu'ils voyaient à Zarzahuriel, avec les grands airs de colonisateurs que prennent les métropolitains impériaux. Ils trouvaient tordant de multiplier les pets et les rots, comme des ânes de caserne sortis du rang.

Quelle qu'ait été l'intelligence de leurs ancêtres, les occupants actuels n'avaient pas l'air d'avoir inventé la poudre. Rien, par la suite, ne démentirait cette première impression. Les tanks de leur copieux convoi semblaient avoir été payés avec les dividendes d'une spéculation, d'une requalification ou d'une suspension des paiements plutôt qu'avec les rentes du talent. L'ostentation, cette manière d'exprimer la relation confuse avec leur argent qu'entretiennent les nouveaux riches et les complexés, les attirait irrésistiblement.

La marque de leurs vêtements était affichée de manière si voyante que Manuel pouvait lire les lettres depuis son grenier. En plus de cela, ils affectionnaient les vêtements tapissés de messages divers, parfois déconcertants et sans rapport entre eux. Certains devaient se retenir le bide à deux mains (ceux-là portaient des maillots à l'effigie d'un gymnase). Sur le t-shirt d'une autre, qui ne sortait jamais sans ses bijoux, on voyait le cercle des hippies. Un autre, visiblement un carencé du ciboulot, affichait la légende Oxford University, discréditant ainsi un établissement qui ne l'aurait jamais admis en son auguste sein et aurait refusé jusqu'au don de son cadavre. Des drapeaux nationaux, des devises contradictoires, des proclamations inintelligibles.

On aurait pu coller sur leur veste l'emblème du club de hand-ball des îles Moluques ou celui du groupe Baader-Meinhof qu'ils n'y auraient vu que du feu, affichant obstinément les slogans de causes dont ils ne comprenaient pas le premier mot.

Affligés d'une sainte horreur du silence, ils étaient incapables de ne pas faire de bruit, comme s'ils avaient constamment besoin de se confirmer leur présence, ici et maintenant. Si la peur du silence est le propre de gens qui ont peur d'eux-mêmes, ceux-là vivaient manifestement dans la terreur.

Parfois, ils activaient délibérément l'alarme de leur voiture pour jouir de la jolie sonnerie. Les enfants riaient, les parents blaguaient. Ils mettaient du temps à l'arrêter, parce que le vacarme les rendait heureux. Ils aimaient que la sirène déchire le silence, insupportable à leurs oreilles de Mochefèses.

Leur portable n'arrêtait jamais de sonner et ils répondaient à grands cris. Ils racontaient toujours à leur interlocuteur le bien que leur faisait la solitude de la campagne, grand paradoxe puisqu'ils passaient tout le week-end à causer avec le monde extérieur.

Ils se procuraient constamment de nouveaux outils pour faire plus de chahut. Un jour, ils sont arrivés avec une tondeuse à gazon, et ils pouvaient consacrer toute la matinée à passer et à repasser trois ou quatre fois sur le même petit carré d'herbe. Un après-midi, un vieillard, répondant à l'appel du bricolage, a entrepris de décaper une grande porte de six mètres carrés à l'aide d'un rond de papier de verre fixé à une perceuse. Le corniaud se fatiguait au bout de dix minutes et abandonnait le travail. Puis il le reprenait sans préavis, et chaque fois, l'outil tapait davantage sur les nerfs.

Bientôt, ils ont installé une cloche dans leur cour pour que les enfants s'amusent avec. Ils la faisaient sonner comme des fous, avec un raffut de baïonnette propre à vous crever les tympans. Tout et n'importe quoi pour foudroyer le silence qu'ils disaient être venus chercher à Zarzahuriel, mais qui en réalité les insupportait. « La paix qui règne là-bas ! » diraient-ils le lundi au voisin. Manuel devait avoir la peau des orteils tout usée à force de les frotter les uns contre les autres par répulsion et par dégoût.

Parmi les nombreux bruits se trouvait l'horrible musique qu'ils écoutaient, un enchaînement de vieux hits ringards et de reprises cuculs joués en boucle. Leur putain de musique était composée exprès pour les ignobles animaux porte-con ou porte-couilles qu'ils étaient, des fadaises toutes faites pour la racaille de toutes les classes sociales. Les mugissements étaient leur signe distinctif, l'éthopée sonore qui les décrivait avec plus d'exactitude qu'une biographie en trois tomes. J'ai pris une note mentale pour me souvenir d'aller voir ce qu'étaient devenus les gens de ma connaissance qui achetaient, vers 1983, les disques de Luis Cobos, La Trinca ou El Puma. J'étais certain qu'ils avaient eu une vie de merde, comme le laissait présager leur goût déplorable.

Ils faisaient les mêmes plaisanteries chaque semaine, l'air de croire, chaque fois, qu'elles étaient neuves. Les mêmes, invariablement, tirées d'un répertoire coulé dans le béton. Mais ils se voyaient comme des gens *a*vant-gardistes, *e*xceptionnels, *i*nédits, *o*riginaux, *u*niques, les cinq voyelles de leur nouveauté éculée. Et semaine après semaine, défilaient les blagues sur leur fainéantise, les blagues sur le bon temps qu'ils prenaient, les blagues sur la mauvaise forme physique d'untel, les blagues sur les bières qu'ils avaient le génie de boire, les blagues sur les excès qu'ils allaient se payer, les blagues grivoises mais sans malice sur la jalousie quand ils venaient en couple, les blagues qui pleuvaient chaque fois qu'ils disaient « Ouistiti » au moment de prendre la photo souvenir.

Même jeu de redites lorsqu'ils délaissaient les parages de l'humour et abordaient aux rives de la poésie : ils se copiaient eux-mêmes et copiaient les autres au moment de créer leurs estampes émotives. Tous prenaient une bouteille de vin à la tombée du jour, convaincus d'être les premiers à composer un tableau de haute transcendance gastronomique. Tous conversaient, ravis d'eux-mêmes, à la tombée du jour, convaincus d'être les premiers à composer un tableau de vibrante esthétique philosophique. Tous montraient quelque aspect de la nature à leurs enfants à la tombée du jour, convaincus d'être les premiers à composer un tableau de pédagogie paternelle sur l'authentique vie champêtre. Tous s'embrassaient à la tombée du jour, convaincus d'être les premiers à composer un tableau d'un pittoresque érotisme campagnard. Durant ces tableaux-là, ils se taisaient parfois un peu.

En représentant des scènes, qu'elles soient comiques ou lyriques, les mâles prenaient une voix plus grave et les femelles un ton plus aigu, histoire de bien marquer la différence des rôles.

J'ai déjà dit qu'ils s'embrassaient. Je crois que ça devait être très pénible de supporter le grincement de dents causé par le fait d'entendre deux sous-doués invoquer le contact charnel, les crampes qui remuent l'estomac de celui qui s'imagine en train d'embrasser l'une de ces horreurs.

Ils laissaient toutes les lumières allumées tout le temps. Ils allumaient la lumière pour trouver l'interrupteur qui leur permettrait d'allumer la lumière. Ils avaient un chien qu'ils promenaient dans la campagne, avec deux petits sacs pour ramasser ses crottes. C'est ça, à la base, être un type quelconque. Se promener dans les bois avec ses petits paquets scrupuleux mais, de jour comme de nuit, brûler des combustibles fossiles pour créer de l'électricité comme s'il s'agissait d'une norme de la civilisation.

Un vendredi soir, des hommes en gilet orange leur ont installé un petit dispositif qui permettait d'ouvrir les stores à l'aide d'un bouton. Un autre jour, on leur a livré des extenseurs pour qu'ils s'exercent les bras, comme si on ne pouvait pas s'exercer les bras en ouvrant les stores. Un samedi, des livreurs ont sorti d'une fourgonnette un tapis de course. Les plaines et les collines, pistes infinies, les attendaient en criant au scandale. Une autre délégation est venue peu après installer des moustiquaires pour empêcher la campagne d'entrer dans leur maison de campagne.

Ils appelaient tout le monde « mon chéri » ou « ma chérie », signe d'une affection dévaluée par excès d'offre verbale. Ils étaient très attachés aux formules convenues. « Recharger ses batteries », « passer un moment agréable en famille », « s'offrir une petite escapade », des nauséabonderies du genre. Ils disaient « absolument divin », « un moment inoubliable », des paquets verbaux composés d'éléments préemballés, des boîtes remplies d'une daube sémantique consensuelle qui se renouvelle chaque décennie, mais qui traduit toujours une grande faiblesse d'esprit. « Comment être mère sans y laisser sa peau », tordant. « Les enfants ne viennent pas avec un manuel d'instructions » produisait invariablement des débordements de joie, quel que soit le nombre de redites. Des torrents d'eau à faire déborder le vase. « Me voilà comme un lézard au soleil. »

Ils disaient toujours « se faire plaisir » ou encore « jouir ». Justement les mots favoris, selon Manuel, des crapules acharnées à vous vendre leur salade extra merdique. Les mots aussi de ceux qui ont envie de baiser et n'osent pas le dire. Des termes d'une obscénité latente, qu'on est soulagé d'employer ou d'entendre, parce qu'ils promettent aux éternels frustrés des orgasmes intimes.

Ils s'étaient laissé séduire par les commentateurs de la télé, qui réglaient les problèmes à grands coups d'expressions toutes faites: «feuille de route», «être prêt à toute éventualité» «franchir la ligne rouge», «je n'ai pas de boule de cristal», petits vents qui, lâchés des milliers de fois, permettent à un invité de surfer sans encombre sur les débats les plus houleux, quelle que soit la plage horaire. On parlait beaucoup aussi de «qualité de vie», la formule qu'utilisent les misérables pour se faire croire qu'ils sont contents.

Ils donnaient la nette impression de vouloir à tout prix ressembler aux gens qu'on voit dans les publicités.

Du vendredi au dimanche, la campagne était envahie par l'odeur de leurs produits de toilette. Ils ouvraient une fenêtre et ça empestait le gel, les laits et autres flacons à la con, la chaîne de parfumeries, l'hypermarché des fétidités. Le shampoing, le revitalisant, la mousse coiffante et d'autres cosmétiques tout aussi tirés par les cheveux.

Ils avaient besoin de médicaments plus ou moins douteux pour absolument tout. Ils étaient guettés par les douleurs lombaires, la sécheresse oculaire, l'allergie à tout ce qui bouge, les fièvres de 0,1 degré, la constipation et divers autres maux. Manuel a observé, sidéré, qu'ils recouraient à une pommade pour une banale démangeaison du dos. On appliquait le produit et deux minutes plus tard, le problème était réglé. Il venait avec un applicateur télescopique qui ressemblaient étrangement à un essuie-glace. Ils ne pouvaient se passer des lingettes humides à base d'alcool pour l'hygiène fécale, de plus en plus indispensables du reste en raison d'un simple processus d'accoutumance résultant de la substance éthylique dont la lingette était imbibée et qui entraînait l'alcoolisation (par voie anale, la plus ignoble des possibilités) des usagers.

Ils s'allongeaient dans la cour pour lire la presse people. C'est la carte de membre des dépressurisés, la plaque d'identification des pouilleux de la fourrière municipale et le fer au cou des esclaves professionnels du souk. Je me demande bien pourquoi on ne le dit pas plus souvent.

Pour ce qui est de la télé, leurs habitudes de consommation n'avaient rien d'encourageant. Leur loyauté soutenait la production audiovisuelle des directeurs de chaîne dont la conversion en humus ne nous fera aucune peine.

17

La Mochefèse comptait parmi ses membres plusieurs gros (ceux qui portaient un maillot à l'effigie d'un gymnase). Ils étaient de ceux qui sont gros parce qu'ils passent leur vie affalés sur le canapé et avalent n'importe quoi à condition de ne pas avoir à faire la cuisine, de ceux qui sont gros par crétinerie, par fainéantise, parce qu'ils sont toujours endormis ou parce qu'ils n'arrivent pas à se secouer les puces. De ceux dont les graisses insaturées coulent dans les veines sans se dissoudre dans le sang parce qu'ils sont engoncés dans la somnolence terminale. Une morphologie de gros qu'on considère à juste titre comme répréhensible et qui se reconnaît encore davantage à l'expression faciale de nouille absolue qu'aux plis et bourrelets. Il y en avait pas mal de ceux-là, pas nécessairement des adultes.

Il y avait aussi la belle-sœur simplette qui se trouvait très autonome parce qu'elle allait faire une promenade toute seule. Elle revenait toujours avec une photo d'elle-même prise devant un lieu inhabité. Après l'avoir montrée à tous, sans exception, elle lui donnait pour titre une variation sur le thème DÉCONNECTÉE DU MONDE et l'affichait sur Internet, se connectant ainsi à des millions de *mondiens*.

Ces incongruités pour gens fadasses et grégaires circulaient allègrement entre les Mochefèses.

Il se trouvait toujours dans la multitude un ou deux invités un peu plus âgés qui, en séjournant entre champs et forêts, dépoussiéraient une improbable expérience de la vie rurale d'antan. Ils s'en servaient pour se poser en grands connaisseurs de la chose campagnarde, et il leur revenait un brin d'accent de pisé, propre aux êtres simples et directs. S'étant bombardés spécialistes du monde naturel, ils transmettaient leurs connaissances aux gamins. « Cette partie de l'arbre, c'est le tronc. En haut, ce sont les branches. En bas, les racines. Mais on ne peut pas les voir, elles sont enterrées. » Ils faisaient grand étalage de mots qui empestaient le terroir et la ruralité, témoignant laborieusement de leur vaste expérience du milieu agreste (qui pouvait se limiter à une semaine de vacances dans une auberge). Gâtine, garrigues, ajoncs, des mots d'autrefois pour épater la galerie, vocables du Saint-Graal dans le lave-vaisselle. Pour Manuel, ces échos ancestraux ne disaient qu'une chose, la bêtise de celui qui les employait, déguisé en explorateur, se donnant des airs d'anthropologue anthroponul, qui ne tirait ces savoirs de son sac que pour montrer qu'il avait frayé autrefois avec les éléments autochtones.

D'autres spécimens sortaient aussi du lot : un type qui portait une veste militaire en plastique et semblait mijoter dans sa propre gélatine, tel un ragoût de tripes. Un autre, tellement poilu qu'il avait des poils dans la raie de ses cheveux. Des cartouchières avaient poussé sur les cuisses de l'un d'eux, qui avait les fémurs entre parenthèses. Une jeune fille avait les seins pareils à des yoyos. Beaucoup s'habillaient comme s'ils partaient pour la jungle de Sumatra, avec drill, kaki, vert olive et une quantité proprement ahurissante de poches.

Mais c'était surtout la présence de la matriarche qui saisissait. La femme qui, le premier jour, avait visité la maison en compagnie du type de l'agence immobilière. Elle s'appelait Joaqui, maquerelle, capitaine de la troupe de bourriques.

Elle avait le visage chassieux, se disait Manuel. Pas parce qu'elle avait de la chassie. Mais parce qu'on avait l'impression qu'à regarder de la chassie sous un microscope, on verrait quelque chose de semblable à son visage. Elle avait une diction pâteuse, comme si ses glandes salivaires sécrétaient du gypse en même temps que de la bave. Certains volumes de son visage et de son corps se trouvaient à des endroits bizarres. Elle semblait s'être fait faire des chirurgies esthétiques au cours desquelles on lui aurait injecté sous la peau du foie gras, des chewing-gums prémâchés ou du caoutchouc fondu.

Joaqui inspirait à Manuel un dégoût d'envergure continentale. Il disait à son propos des choses qui m'alarmaient, moi qui ne la connaissais pas. Elle était hyperfessue. On voyait de loin que son visage sentait mauvais, comme les ruelles sombres. Derrière ses genoux, ça puait la guerre. Le prototype de la femme qui confond le tiroir des slips sales et celui des slips propres. Elle lui rappelait les *reines des matins* de la télé, avec leur air d'avoir commencé à avoir des pertes urinaires à huit ans.

Les enfants (fils et filles, neveux, petits-enfants), coulés dans le même moule, avaient une forte tendance à dire n'importe quoi. C'était les destinataires infantiles de l'infantilisme de leurs parents, en l'occurrence un infantilisme de la branche éculée, trompeuse, bâtarde et honteuse, celle qui est en soi un symptôme inquiétant.

Si les adultes avaient tant d'enfants, c'est qu'ils ne trouvaient pas d'autre distraction dans la vie. Ils semblaient convaincus par ailleurs qu'un gamin ne vit pleinement son enfance que dans la mesure où on stimule constamment sa niaiserie.

Ils couvraient les morveux de louanges pour la moindre insignifiance, avec un « Bieeeeeen ! » qui résonnait à longueur de journée : parce que le petit chéri avait marqué un panier dans la piscine gonflable ou parce qu'il avait avancé de cinq mètres sur sa bicyclette à quatre roues sans tomber. Sans doute à cause de tant de complaisance et de prix immérités, les petits ne savaient rien faire. Il fallait que ça leur tombe tout cuit dans le bec. Ils parviendraient à l'âge adulte sans avoir maîtrisé la recette du sandwich au saucisson.

Ils faisaient du raffut tout le temps, par transfert parental. Leurs parents, qui ne se souciaient nullement de diriger leur développement vers des formes plus évoluées, semblaient leur en savoir gré. Soit parce que le vacarme les sauvait du silence anxiogène, soit parce que les cris et les coups les rassuraient en indiquant que leur progéniture était toujours en vie.

Les petits avaient fait du pleurnichage la forme usuelle de communication avec leurs aînés. La menace d'une crise était leur forme animalesque de dire les choses. Des gros bébés, des braillards de première, les larmes comme principal moyen de communication. Des faibles d'esprit et des extorqueurs niais à l'extrême, la morve et les hurlements toujours prêts à accompagner leurs exigences.

C'étaient des geignards qui savaient que, même s'il ne leur était rien arrivé, ils devaient pleurer pour parvenir à leurs fins. Des bébés surprotégés qui avaient besoin d'aide en tout et qui ne parlaient qu'en sanglots. De grossiers personnages qui criaient tout le temps, comme pour voir qui pouvait battre Fosbury au saut en décibels. Manuel aurait pu suspendre des pendants d'oreilles à ses couilles, tellement il avait les tympans perforés.

Quand les gémissements ne donnaient pas les résultats voulus, les mioches faisaient semblant de tomber malades, s'inventaient des douleurs impossibles à localiser, changeantes, mobiles, intermittentes, qui s'emparaient d'eux et se volatilisaient aussi sec, là oui, là non, bref un emmerdement perpétuel. Pour qui avait ne serait-ce qu'un seul œil pour voir, les chiards étaient de pauvres piteux qui ne pensaient qu'à monopoliser l'attention des adultes et à casser les burettes au premier venu.

Les informations sportives étaient leur principale influence, tant au niveau comportemental que phraséologique, et aucun adulte ne levait le petit doigt pour corriger cette déformation. Si le hamster de l'un était malade, le gamin disait qu'il « jouait le match de sa vie ». Si l'autre s'achetait un sac de chips à Noël, il dirait l'avoir trouvé au « mercato d'hiver ». Qui avait assisté à une bagarre dans la cour d'école dirait avoir vu « des images que nous préférerions ne pas avoir à vous montrer ». Ils jouaient au foot dans la cour. Deux ou trois petits de dix ans se fourraient le pouce dans la bouche chaque fois qu'ils marquaient un but. Ils avaient dû voir un joueur le faire au stade, et ça vous mettait les tripes à l'envers de les observer reproduire le geste au moment de la victoire. Les enfants agissaient comme ça pour tout, en copiant ce qu'ils avaient observé sans rien y comprendre.

Les gosses avaient des noms qui faisaient honte pour eux, c'était à celui ou celle qui les baptiserait du plus farfelu. Certes, les petits n'étaient pas responsables. Mais ils allaient être élevés par les mêmes fleurs de nave qui les leur avaient collés. C'est dire que leurs perspectives d'avenir étaient sombres à l'extrême. Dès leur naissance, ils étaient plongés dans le crétinisme imposé par leurs parents. La tare se voyait déjà dans des détails comme la manière enthousiaste dont les petits se curaient le nez. La rhino-fouille, à double index et à pleine phalange, se déroulait sous les yeux des parents donneurs de noms sans susciter de réaction.

Les Mochefèses avaient atterri là pour faire ce qu'ils voyaient dans les téléfilms de merde en purée. Ils ont fixé un panier de basketball au mur. Ils se sont procuré battes et gants de base-ball. Ils ont acheté un barbecue. Ils ne savaient ni l'allumer ni l'alimenter, et ils ne voulaient pas se donner la peine d'apprendre. Ils finissaient par imbiber le bois de fioul, après quoi il brûlait à coup sûr, évidemment. Ils mangeaient de la viande qui avait le goût de camion, trouvant exquises les côtes de porc rôties sur la braise de chêne vert. Ils produisaient des nuages de fumée infernaux et, de retour à Madrid, ils raconteraient sans doute qu'ils avaient passé le week-end à respirer l'air pur de la campagne et à manger comme de fins gourmets.

Au cours d'une journée mémorable, ils se sont armés d'un bâton long de deux mètres avant de s'installer sur le balcon de la façade, au premier étage. En riant sans arrêt, ils se sont appliqués à détruire les nids de boue des hirondelles, construits sous l'auvent du toit. Ça les emmerdait que les oiseaux chient devant la maison, et ils ont frappé les petites structures d'argile jusqu'à ce qu'il n'y en ait plus une seule à portée de bâton. On voyait bien que ce n'étaient pas les Mochefèses qui avaient construit leur maison. Manuel n'avait jamais été un grand défenseur des animaux, mais cet incident l'a profondément bouleversé. Plus que profondément.

Quand la température a un peu baissé, durant le mois tempéré de septembre, ils ont commencé à utiliser une application mobile qui permettait d'allumer le chauffage à distance. Vendredi à onze heures, ils l'avaient déjà lancé pour que la maison soit bien chaude à six heures : il ne s'agissait quand même pas d'avoir froid. Et la machine se mettait à cracher de la fumée et des immondices, vu que tous les coins et recoins de la maison devaient être d'une chaleur douillette à l'instant même où ils franchiraient le seuil.

Les Mochefèses salissaient tout en permanence : avec les moteurs de leurs voitures, pareilles à des chars de combat ; avec leurs engins électriques, sans lesquels ils étaient incapables de battre un œuf ; avec les chaudières du chauffage anticipé, qui leur éviterait d'attraper un rhume chez eux pendant qu'ils n'y étaient pas. Pour Manuel, cochonner les choses de façon aussi persistante était un acte criminel. Il n'était pas un grand adepte de l'écologie, mais ces pratiques l'horripilaient. Les Mochefèses adultes professaient haut et fort leur amour pour leurs enfants et petits-enfants, et pourtant ils s'acharnaient à leur laisser une décoration aérienne d'un jaune ferrugineux propre à leur donner tous les emphysèmes du monde. Ils semblaient refuser de voir qu'ils contribuaient à un avenir sale et que leurs enfants seraient contaminés par les émissions de poison contre lesquelles nous mettent en garde les spécialistes. Leurs chers parents étaient des sous-doués qui préféraient leurs gadgets à leurs gamins, même s'ils semblaient l'ignorer. Un peu plus vieux, les enfants qu'ils pensaient tant aimer mourraient le gosier calciné, merci maman, merci papa.

Le dimanche après-midi, vers six heures, ils retournaient chez eux, transis par la nature et imbus d'expériences champêtres. Comme qui va chez les putes et, en sortant, se prend pour un grand séducteur.

18

La gale sociale avait donc pris ses quartiers sous les yeux de Manuel, comme si la campagne n'offrait pas assez d'espace pour qu'ils aillent uriner ailleurs. Les Mochefèses étaient sans doute dans leur droit en débarquant avec leurs manières de faire, leurs cris, leurs dettes envers eux-mêmes, leur esprit de moutons nigauds. Mais aux yeux de Manuel, ils se comportaient en demeurés incorruptibles, en canailles irrécupérables. En pitres piteux, quel à-propos de l'allitération. Leurs usages, aspirations et habitudes fécales le faisaient gerber.

Il aurait été naïf de penser que Manuel pourrait s'approcher d'eux pour leur demander un peu de silence, de respect de l'environnement ou de désimbécillisation. Parce qu'il était trop tard pour qu'ils se défassent de leur psycho-psoriasis, certes, mais surtout parce qu'il ne devait s'approcher de personne. Il ne pouvait pas non plus quitter Zarzahuriel. Il n'avait qu'une option : s'écraser, se la coincer et se faire tout petit. Endurer, encaisser, patienter un peu.

Mais personne ne peut patienter dans ces circonstances, ni un peu ni beaucoup.

Ces gens présentaient un audio et un visuel qui donnaient envie de se boucher les oreilles et les yeux. Si sa vie était un film, se disait Manuel, la trame se modifierait en fin de parcours pour révéler que ce qu'on avait pris pour une résidence secondaire était en réalité un sanatorium pour traumatisés, victimes d'un funeste destin, lanternes rouges d'une société aveugle. Bref, un sacré revirement d'intrigue. La maison de vacances où se déployait l'idiotie gratuite était au bout du compte un centre pour malades chroniques, ou pour personnes maltraitées ou encore commotionnées par les bombardements, des gens qui se défoulaient en toute légitimité, puisque la malchance les avait touchés du doigt. Du point de vue narratif, ce serait efficace, puisqu'on en tirerait la leçon suivante : quand il s'agit d'étaler sa haine, mieux vaut y aller mollo.

Mais non. La Mochefèse était estomaquante et œsophageante et poumonnante par vocation, cardiaquante par lourderie pure et par ordre de l'empereur des détraqués. Dans cette maison, on était andouille par emportement, par iniquité, par déficience de la semence et parce qu'on était scandaleusement gâté, matin, midi et soir. On était macaque par caprice, pour avoir quelque chose à faire, pour manifester sa présence morveuse. Parce qu'on était un de ces merdisants qui s'adonnent jusqu'à plus soif à la distorsion multiforme, s'obstinent par manque de matière grise. Comme celui qui se coupe toujours la langue sur l'arête du couvercle du pot de yaourt en la léchant et qui continue de la lécher quand même.

La Mochefèse était un compendium d'imbécillités diachroniques, de ridiculture inflationniste et d'inepties séculaires, un trésor de vermoulures biographiques et d'emmerdes particulièrement caractéristiques du XXIe siècle. Elle dégoûtait tellement Manuel qu'il en avait la chair de poule en permanence. Et moi aussi, de plus en plus.

Et moi, bien sûr, je continuais à vivre dans la *polis*, où de nombreux concitoyens que je croisais dans la rue me faisaient l'effet d'être des pains de la même fournée que les Mochefèses. Les jours de semaine, je me demandais si telle femme que j'entrevoyais n'était pas Joaqui ou l'une des siennes. Pourquoi pas.

Manuel se noyait dans le chagrin. Il déféquait dur, chiait du calcaire. Il évacuait en forme d'interrogation, une corde incurvée avec un point au bout. Il s'adonnait à des penser taraudantes. Ce serait comment, se demandait-il, de réaliser qu'un parfait inconnu souhaite de toutes ses fibres qu'on foute, refoute et re-refoute le camp ? Il imaginait les Mochefèses chez eux, aspergés par ce désir qu'il éprouvait, comme une sorte d'onde électrochimique pesant sur le sommet de leur crâne, les entourant de vibrations anormales de très haut voltage.

Il se demandait si, au cours de son passé madrilène, quelqu'un, au singulier ou au pluriel, avait autant souhaité son évaporation qu'il désirait celle des Mochefèses. Si tel était le cas, il avait exaucé leur vœu en filant à Zarzahuriel. Lui était loin d'avoir la même chance.

Le dimanche, après le départ des voisins, Manuel retrouvait provisoirement sa tranquillité. Il se détendait un peu, se préparait à manger, sortait dans la cour. Mais à peine deux ou trois heures plus tard, au moment du dîner, il pétait de nouveau les plombs, douloureusement conscient qu'il restait deux ou trois heures de moins avant le retour des casse-couilles, le vendredi suivant. Le dimanche soir annonçait déjà le retour de l'avalanche, et le lundi, il la sentait venir. Les jours suivants le voyaient aux prises avec une attente angoissante, sachant que le vendredi sonnerait fatalement la reprise du supplice.

Autrement dit, la semaine entière était souillée par l'annonciation imminente. Concrètement, sur les sept jours, quarante-huit heures étaient accaparées par la poisse mitoyenne. Et cent dix-sept ou cent dix-huit par le pressentiment contagieux et croissant.

Je lui suggérais de se calmer, l'invitais à patienter en lui racontant les sornettes bien intentionnées et invraisemblables qui me venaient à l'esprit. Tout s'arrangerait, il devait penser à autre chose. Les Mochefèses ne pouvaient pas être aussi dégueulasses qu'il le disait.

Devant mes arguments et mes exhortations, Manuel s'apaisait. Mais quinze minutes après, maudissant de nouveau son sort, il se demandait à quel saint se vouer pour échapper à ces démons et à l'horreur sacrée qu'ils lui inspiraient. Il en avait plein le cul de ces lourdingues et commençait à dire des choses bizarres (« Ce sont des séquelles, pas des gens »). Pas moyen de sonner les cloches à ces crécelles portant chaussures.

Le vendredi et le samedi, quand il se couchait sur son grabat improvisé, ses yeux s'endormaient en premier. Pas parce qu'il les avait fermés pour dormir, comme il se doit, mais bien parce que ces organes étaient épuisés d'avoir surveillé les environs du matin au soir et du soir au matin. Puis ses oreilles abandonnaient la partie, vaincues par les inepties ambiantes. Les jours de semaine, lorsqu'il retrouvait sa chambre à coucher adorée, il était pétri de tristesse en se rappelant l'époque où il avait baptisé son lit *Kursk*, et il pleurait sur lui comme un spectre pleurant sa veuve défunte.

En principe, le grand péril, depuis l'arrivée des Mochefèses, était qu'ils risquaient de le voir et de le sortir de la clandestinité. Qu'ils parlent de lui un jour et, volontairement ou non, révèlent sa cachette. Voilà ce qui le tourmentait : la police était à ses trousses, des yeux étaient apparus à Zarzahuriel et on risquait de le découvrir, avec tout ce qui s'ensuivrait.

Mais ce détail perdait de sa gravité quand on le comparait au torride enfer nouveau : la cohabitation avec la horde sauvage. La police était une vétille à côté de la torture réelle, hebdomadaire, régulière et continue qui le forçait à sacrifier sa solitude sacrée au profit d'une bande de ouistitis marinés dans la bêtise absolue. Voilà la vraie catastrophe totalisante. Celle-ci était bien plus grave que l'autre, parce que ce qu'il avait perdu avec l'irruption des mochfèses dans Zarzahuriel était bien plus précieux à ses yeux que ce qu'il avait perdu avec l'irruption de l'anti-émeutier dans le vestibule de la rue Montera. Le vestibule lui avait donné Zarzahuriel, au prix d'un peu d'angoisse et de clandestinité ; les Mochèfeses lui avaient enlevé Zarzahuriel, son bien heureusement gagné.

En somme, les Mochefèses étaient beaucoup plus pénibles que son épineuse situation pénale. Il pouvait fuir le tribunal aux mains baladeuses, comme il l'avait d'ailleurs fait avec un succès éclatant. Mais pas ces dépasseurs de toutes les bornes. Ce problème était le plus grave des deux, parce qu'il n'y avait pas d'issue.

L'autre était insoluble aussi, remarquez. La possibilité d'être découvert était toujours un mélo, une corde que les nouveaux voisins risquaient de lui passer au cou s'ils le voyaient, dans une circularité de conflits propre à vous dégoûter à jamais des disques et des ronds.

En plus, Manuel pressentait des problèmes plus prosaïques mais non négligeables pour autant. Par exemple, demeurer dans le grenier du vendredi au dimanche une fois la bise venue, gelant en haut et dans l'impossibilité d'allumer un feu en bas. Il faudrait lui acheter des couvertures alors qu'au Lidl, on en était encore aux maillots de bain et aux serviettes de plage. J'ai pris des t-shirts, en revanche, qu'il pourrait porter pour dormir.

Il avait peur, m'a-t-il dit, que les enfants jouent aux aventuriers et aient l'idée de prendre sa maison d'assaut, le démasquant du même coup. L'envie de monter une invasion risquait de se manifester prochainement, puisqu'ils finiraient par se lasser de la cloche et des stores automatisés, comme de toute chose. Du lundi au vendredi, Manuel broyait du noir et cherchait le moyen de renforcer portes, fenêtres et verrous pour freiner les attaquants.

Avec tous ces ennuis, Manuel était abattu. Il se consolait en s'abandonnant aux idées furieuses et délirantes qui lui passaient par la tête, dont je suivais le cours pour tenter de lui remonter le moral.

Par exemple. Manuel m'a fait part de quelques réflexions au sujet de l'effraction infantile qu'il prévoyait. De tout temps, selon lui, les enfants qui criaient et se lamentaient ont servi de chair à canon. Il avait assez d'années et de mémoire, a-t-il poursuivi, pour se rappeler le sort de ses camarades de classe qui avaient passé leurs années tendres à hurler et à gémir comme des crétins. Passant en revue la biographie de ses contemporains, il constatait que tous les piqueurs de crise de sa connaissance avaient eu des emmerdes par la suite. Tout comme les chialeurs dégénèrent en pisse vitale, étalant les désastres qu'avait annoncés leur tartufferie. Même constat pour ceux qui avaient croisé son chemin par la suite, avant son évasion : les non-pleurnicheurs s'en étaient sortis beaucoup mieux. Les braillards, se rappelait Manuel, étaient devenus de pauvres diables inaboutis.

Ici, je lui ai lancé une pique, parce que son animosité finissait par m'énerver. L'aversion que lui inspiraient les enfants mochefèses s'expliquait sans doute, lui ai-je dit, par le fait qu'ils avaient la vie de famille qu'on lui avait refusée autrefois. « Les Mochefèses te font chier parce que ma belle-sœur et son mari n'ont pas fait assez attention à toi », ai-je lâché. Sa réponse ne s'est pas fait attendre : à voir comment les Mochefèses avaient terminé avec leur surabondance de famille, de saga, de clan, il se réjouissait beaucoup de ne pas avoir eu droit à un traitement similaire. Il a ajouté qu'il espérait ne pas être un amputé du coco comme l'étaient ou allaient le devenir (selon leur âge) les mauviettes en question. Et que l'absence de soins parentaux, si elle lui avait évité ce sort, était une excellente chose. Il aimait mille fois mieux ça.

Il m'a raconté avoir observé, par un de ses vendredis de cilice, un gamin de dix ans qui tentait de mettre debout sa petite bicyclette. Les adultes n'étaient pas à proximité, faute de quoi ils auraient couru l'aider. Le gosse n'a pas été capable de relever le vélo. Il le soulevait un peu et l'engin retombait, puis il l'agrippait de nouveau avec une difficulté surprenante, vu son âge. Elle s'affaissait chaque fois d'un côté en l'entraînant parfois dans sa chute. Il se heurtait au cadre d'aluminium et a fini avec une jambe coincée entre les rayons d'une roue.

Sa maladresse était étroitement liée aux égards idiots qu'on avait eus pour lui, négligeant l'important et surinvestissant l'accessoire. Manuel était reconnaissant à ses parents de s'être foutus de lui. Il y avait sûrement un juste milieu idéal. Mais à choisir, il aimait infiniment mieux son histoire d'abandon que la patte du gamin prise dans la roue.

Manuel n'était pas devenu une merde, c'était évident. En mesurant toute la différence entre lui et cette bande de gringalets surprotégés, j'avais envie de lui donner raison. Délaissé dans son enfance, Manuel s'était créé, à Zarzahuriel, un monde à savourer jour après jour. S'il arrivait à le récupérer.

Toujours au sujet des voisins et de comment les supporter, Manuel avait élaboré un tracé mental selon lequel, enfoncés sous le poids de leur flemme, les Mochefèses et leurs pairs seraient engloutis par la terre. La racaille du genre, celle qui a besoin de gadgets et de prophylaxie et d'accessoires et de balivernes et de qualité de vie et de pommades et de pasteuriser la sucette Chupa Chups avant de se la mettre dans la bouche, tomberait avant tous les autres. Ces êtres envahis par les vers et biologiquement affaiblis abdiqueraient à la première attaque. Il en était toujours ainsi. Une société qui engendre des dispositifs et des habitudes de ce genre sera inévitablement envahie par celle d'à côté, qui aura facilement raison d'elle.

Il s'imaginait une horde, d'hommes ou de famines, qui arriverait fatalement un jour. Elle surprendrait les simples d'esprit dans leur salon, appliqués à se demander s'ils devraient changer de crème dépilatoire ou doubler la dose quotidienne de *L. casei immunitas* dans l'espoir d'accroître leur expérience de vie. Manuel se souvenait de la querelle mythique sur le sexe des anges qui faisait rage quand les envahisseurs avaient surpris les Byzantins et pris Constantinople. Quand le microbe arriverait, ces malingres seraient les premières victimes. Plus ils se parfumaient la couenne, plus ils avaient la mort à fleur de peau.

Il suffirait de laisser le temps faire son œuvre et Manuel pourrait assister en direct au châtiment des Mochefèses. Mais c'était toujours de la théorie à long terme. Beaucoup trop long, en fait. On ne pouvait demander à quiconque de patienter autant.

Les réflexions de Manuel prenaient une tournure inquiétante. Elles étaient effrayantes, soit parce que mon neveu bien-aimé débloquait, soit parce qu'il voyait juste. En général, il mettait dans le mille.

19

Chaque semaine, les envahisseurs étaient plus nombreux. Le nombre des activités champêtres a augmenté vertigineusement : excursions, parapente, quads rugissants. Le tout en troupeau, toujours, comme des gnous en marche, en mal de témoins et démultipliant encore leur grégarité fiduciaire grâce à l'envoi, au moyen des petites machines qui leur permettaient d'interpeler d'autres perdus, de photos attestant leurs prouesses.

Le samedi soir, ils n'avaient déjà plus envie de tâter du tourisme d'aventure. Alors ils produisaient quantité de bouteilles d'alcool. Quand ils n'avaient rien à faire, ils étaient anéantis. La solution : faire sauter les bouchons et mettre le coude à contribution. Davantage de bruit, d'un autre genre.

Saisi, excédé, Manuel essayait de tenir le coup. Mais ce n'était pas évident. Surtout quand les Mochefèses exhibaient leur vie maritale. Les petits couples avaient des usages qui le mettaient hors de lui. Ils voilaient juste assez leurs pratiques sexuelles pour maintenir un semblant d'intimité, mais les affichaient suffisamment pour confirmer leur bonne entente charnelle devant parents et amis.

Une chose est certaine, ils faisaient preuve d'un courage louable en s'adonnant à la chose génitale, compte tenu de leur état honteux. Selon Manuel, leurs anatomies et leur habillement étaient tout sauf érotiques. Ils n'étaient ni beaux ni laids, seulement déconseillés, difficiles, dérangeants. Quand ils tombaient le slip ou la petite culotte, ils semblaient davantage s'apprêter à vider leurs tripes qu'à recevoir des caresses.

La nuit, Manuel les devinait à travers la cloison qui séparait sa maison de la leur, occupés à canaliser la fusion des torrents, à laisser jaillir du tiède. Il entendait vaguement chaque duo dans son propre tiroir, se chevauchant comme les animaux de la ferme, chacun s'accouplant avec l'être adjacent, comme dans un élevage. Il croyait les entendre donner des coups de pinceau saugrenus en vue de raviver leur passion pour leur partenaire : « Je te déprave ! » « Insulte-moi ! » « Manque-moi de respect ! » « J'ai grande urgence d'émanation ! »

Éclairé par l'aversion qu'ils lui inspiraient, le cerveau de Manuel réaménageait les sons et il croyait entendre des indécences effroyables. Un Mochefèse de sexe masculin multipliait, Manuel l'aurait juré, les déclarations grinçantes : « Je te surviens ! Je précipite ! Je déverse ! Je dépose ! Je te préviens que je viens ! » Putain, que c'était dégoûtant. Au moment de l'expulsion, l'homme se voyait comme un nuage plein à craquer, une cannette qui se débloque ou un réservoir de fioul.

Quelques-uns allaient sans doute à Zarzahuriel en vue d'engendrer, de se mettre le gland à l'air, de procrébaiser, de déposer une pétition réclamant un bébé mouton porteur de leur nom, de fabriquer le gamin dans l'air pur, sacré bon projet. Les voilà tous les deux, configurant le gamète à grand renfort de pollution rassemblée.

Quand les heurts cessaient enfin, Manuel supposait que les draps des Mochefèses empestaient le purin, et leurs mains, le cul frotté. Dans ses conceptions exacerbées, dans son centrifugeur mental, Manuel déversait son mépris envers ceux qui ont besoin d'autres individus pour s'amuser, son intolérance envers ceux qui pratiquent un jeu où il faut être deux, au moins deux, et qui ne savent pas jouer seuls. Il lançait des incivilités contre ceux qui sont incapables de vivre la solitude, même dans leurs moments intimes.

Le fait est qu'il devait trouver assez saumâtre de flairer derrière le mur des gens qui baisaient à tire-larigot. Là, entassés par paires dans le milieu campagnard, orgueilleux d'étreindre Dame Nature, de pauvres hères qui ne savent pas quel temps il fait avant d'avoir vérifié sur Internet. Se donnant des airs d'Adam et Ève réunis dans l'éther, la photosynthèse et la proto-sainteté, montrant leur cul au soleil comme les fondateurs naturalistes de la race humaine. Baigner à fond dans le très primitif, floral et authentique pour mieux renouer ensuite avec la domotique, les véhicules monstrueux et les émissions de télé pour infra-normaux du moulinet.

La menace que Manuel avait imaginée un jour s'est concrétisée peu après. Un samedi de septembre, sept enfants mochefèses, armés de lampes de poches et de bâtons, ont essayé d'entrer chez lui. Il les a vus rôder autour de la porte, la tâter, lui donner des coups de pied. Les adultes, absorbés par leurs propres activités, disaient sans cesse : « Attention, les enfants ! » Mais sans arrêter de déverser du fioul sur le barbecue ou de « se faire plaisir », leur terme préféré et polyvalent.

Horrifié, Manuel a barricadé la trappe qui donnait accès au grenier, tout en sachant que c'était inutile. Si les petits veaux arrivaient à rentrer, qu'ils le voient en haut ou non ne changerait rien. Même avec le petit pois qui leur tenait lieu de cerveau, ils remarqueraient la nourriture fraîche, l'âtre noirci par un usage récent, un vêtement oublié sur une chaise, tout ce qu'il n'arrivait pas à cacher complètement et qui dénotait une présence humaine. Et hop, devant le juge.

Les petits empotés n'ont pas été capables de venir à bout des traverses, des verrous et des chaises placées comme des barricades le vendredi midi, avant leur arrivée. Mais ils ont réussi à franchir la clôture de la petite parcelle. De sa fenêtre, Manuel les a vus galoper sur le lieu où avaient poussé les potirons, renverser l'auge remplie de fixations où il avait trouvé son tomahawk, grimper dans la voiture démolie. Le pire est venu quand ils sont tombés sur la vigne. Ils se sont jetés sur les raisins, déjà bien gros en cette saison. Après s'être goinfrés, ils ont commencé à les lancer contre des cibles improvisées. Les fruits tombaient sur le sol, éclataient sous leurs pieds, se contaminaient au contact des petits êtres imprégnés de crème solaire et d'excès de zèle. Puis, enfin, les mioches sont partis.

Ce dimanche, comme tous les dimanches, les Mochefèses sont retournés en ville, l'air de se dire « On s'est amusés plus qu'on le pensait ». Dès leur départ, Manuel a quitté son poste d'observation et est allé à la chapelle. Comme il le craignait, le sol était couvert de prunes piétinées.

Chaque fois, ils laissaient derrière eux davantage de furie, et chaque fois, Manuel appréciait moins la liberté conditionnelle, colonisée et pourrie des jours de semaine. Zarzahuriel était devenu un endroit qu'il associait davantage à la Mochefèse qu'à lui-même, et où il n'était plus du tout amusant de sortir de la maison (ni de rester à l'intérieur, à vrai dire). Bientôt, même ces jours de congé boiteux ont été souillés.

Le premier lundi d'octobre, Joaqui a envoyé deux hommes sabler et vernir la grande porte d'entrée, que le vieux n'avait pas pu terminer malgré tout son vacarme. Ils y ont mis deux jours en travaillant jusqu'à sept heures du soir. Deux autres journées de raffut et de clandestinité forcée que Manuel a passées emmuré et amorphe. Les semaines suivantes, ont succédé à ces deux ouvriers un type qui a drainé les gouttières, puis des peintres qui ont retouché le bleu de la façade.

Même quand ils n'étaient pas là, les Mochefèses étaient là. Ils envoyaient des brigades volantes compenser leur absence et faire chier le monde à leur place durant les jours ouvrables. J'ai pensé à ce qui arriverait si l'une de ces équipes qui surgissaient de façon aléatoire rencontrait un mardi le livreur du Lidl. J'ai rappelé l'hypermarché pour exiger qu'on retarde la livraison jusqu'à la toute dernière heure de la soirée, quand les ouvriers seraient déjà partis. Mais on m'a répondu que l'heure dépendait du volume de livraisons et de la volonté de Dieu. Quelle torture, trembler en me disant que le choc finirait par se produire, que ce n'était qu'une question de temps.

À part détruire les nids de leurs auvents, comme je l'ai dit, les Mochefèses ne savaient rien faire de leurs multiples doigts. Ils confiaient tout à des tiers. Le comble de l'inutilité et de l'indolence s'est manifesté un jeudi matin. Manuel faisait son lit à l'étage quand il a entendu le bruit d'une voiture qui s'approchait. Une dame d'environ quarante ans en est descendue. Puis elle est entrée dans la maison bleue, où elle a passé trois heures à ranger et à nettoyer. Faisant un pas de plus sur la voie du m'as-tu-vuisme invétéré, les Mochefèses avaient engagé une domestique. Dorénavant, elle viendrait tous les jeudis de dix heures à une heure.

Voilà que les Mochefèses avaient atteint l'un des sommets de plus de huit mille mètres de l'ânerie absolue. S'offrir une maison à la campagne pour y mener une vie simple, mais engager une bonne : voilà une horriblerie de nouveaux riches, de triples ou quadruples sans-couilles. Ce n'est pas illégal d'avoir une femme de ménage. Mais c'est d'une prétention dégueulasse dans un village comme Zarzahuriel. Ce n'est pas illégal d'aller à la pêche en smoking, mais c'est d'une nullité absolue.

Les fermiers urbains avaient engagé une domestique pour mettre en valeur leur inspiration aristocratique. Ces amibes avaient renoncé à s'occuper de leurs choses afin d'avoir plus de temps pour végétailler.

La dame devait venir d'un village des environs. À en juger par la trame sonore, elle passait la matinée à ramasser la morve des Mochefèses, à faire les lits, à laver la vaisselle. Puis elle partait. Le nombre de jours de semi-liberté dont disposait Manuel avait encore diminué. En plus des tranches horaires où différents corps de métier risquaient de surgir inopinément, il avait perdu le jeudi matin. Peu à peu, il était dépossédé de Zarzahuriel.

Manuel et moi avons tout de suite compris que les Mochefèses recevraient les visites tournantes du préposé au compteur d'eau, d'un possible facteur, d'un vendeur ambulant, d'un couple d'évangélistes globe-trotters. Toujours sans préavis, bien sûr. Le danger s'approchait, une case à la fois. Il aurait été naïf de penser que Manuel pourrait se cacher d'une meute de visiteurs réguliers, de leurs employés contractuels et de leurs associés sporadiques. Il redoublait de prudence, mais le nuage continuait de planer sur nos têtes.

C'était de nouveau l'automne, le temps refroidissait, et la nuit, il fallait déjà allumer un feu, ce que Manuel n'osait pas faire le week-end, de peur de se trahir. Le panneau solaire ne générait pas assez de puissance pour qu'on y branche un petit radiateur, même très rudimentaire, que j'aurais pris soin de lui commander. Le vendredi et le samedi, il devait se coucher à la tombée du jour pour se couvrir et avoir moins froid.

Le problème du matelas restait entier. Manuel rechignait à le monter au grenier, parce qu'il appréhendait l'ampleur de la tâche et se sentait incapable de traîner le monstre. Il supportait patiemment les nuits, couché sur le sol. Dans ses moments de stupeur, il s'imaginait Joaqui faire irruption pendant qu'il dormait. Elle se montrerait à coup sûr bien plus habile que les petits. Montant au grenier-guérite, elle trouverait un type étendu par terre, certainement mort depuis des années (« autrement, on l'aurait entendu »), mais au corps étrangement intact.

Ça le faisait drôlement chier, Manuel, de devoir se mettre dans le sac de couchage sans la moindre envie de dormir, seul moyen de trouver un peu de chaleur. Les Mochefèses disposaient de leur chauffage au gazole, qu'ils allumaient à distance, sacré jouet. Mais, pour créer une ambiance familiale, ils faisaient également fonctionner la cheminée en tout temps, comme on le notait à cause non pas de la fumée, mais de l'odeur de fioul brûlé. Foutus veinards.

Puis les vrais froids sont venus, en plus d'un anniversaire de mariage et de deux de naissance dans la maison bleue. Sans parler de l'enterrement de vie de garçon avec des déguisements et des bites en résine, comble de la dégénérescence où ils ont répandu leur inspiration poétique à pleins vers. Déjà, avec décembre, Noël était à deux pas. Et Manuel s'attendait à une orgie de consternation, de casse-couilleries et de bonnets du père Noël, assez pour ouvrir une nouvelle fente à l'ogive du con.

Avec le nouveau Manuel aigri, nos agréables moments téléphoniques étaient chose du passé. Il ne faisait plus que ressasser sa double condamnation, par le tribunal et par les voisins. Un lundi de portable, il m'a raconté l'histoire de la dent cariée, une méditation qu'il avait élaborée à propos de la présence envahissante d'un petit bout de bifteck. Elle s'énonçait à peu près comme suit.

Un filament de viande coincé entre deux dents ne fait pas mal, ne pique pas, ne gratte pas, ne donne ni chaud ni froid. Cependant, sa présence est insupportable, et celui qui vit ce calvaire travaille avec acharnement à s'en débarrasser au moyen d'un cure-dents, d'une brosse à dents ou d'un ongle. Il ne se calme qu'une fois le morceau extirpé. Les anthropologues, les psychologues et les dentistes le savent sûrement déjà : la mémoire génétique nous prévient que ce corps étranger, que nous ne remarquerions même pas sans les déplacements distraits de notre langue, est source de souffrances futures. Cette particule insignifiante, en principe inoffensive, pourrira dans sa cavité en générant des bactéries nocives, causes de douleurs et d'une perte de masse dentaire.

Nous avons raison de nous en défaire de toute urgence, sans savoir pourquoi, même si elle ne nous cause aucun tort immédiat. Notre besoin de l'extraire répond à une impulsion irrationnelle, mais sage, à quelque reproche évolutif inné qui, grâce à des siècles d'expérience et de causalité accumulées, nous prévient du danger à venir.

Avec la redoutable racaille d'à côté, même phénomène, disait Manuel. Ils ne lui crachaient pas dessus, ne lui tapaient pas dessus, ne lui tiraient pas dessus. Ils ne savaient même pas qu'il existait. Mais Manuel sentait qu'il devait saisir son cure-dents et les enlever de sa bouche pour éviter de pires maux le lendemain. L'anthropologue, le psychologue et le dentiste d'autrefois avaient déjà fait leurs découvertes. Pour des raisons de santé similaires, une pulsion inconsciente criait à Manuel d'éliminer ces immondices et plus vite que ça. Il devait vivre sans caries ni corruption des dents en leur tournant le dos ; il devait *s'annuler par rapport à eux*.

L'anthropo-psycho-odontologie avait mené Manuel à des réflexions plus poussées.

À les observer sans trêve, m'a-t-il dit, il avait encore densifié la clôture qui les séparait. Ces gens-là étaient, pour lui, d'un autre ordre, d'un autre lieu. Comme d'une autre palette de couleurs, d'une autre balance des blancs, d'une autre carte mémoire. Ils appartenaient à un autre groupe sanguin—très respectable, comme ils le sont tous avec leurs lettres majuscules, mais d'un flux biologique incomparable au sien. Ils étaient d'une autre branche. Ni meilleurs ni pires. Mais ils relevaient d'un autre rang, auquel lui-même ne voulait pas appartenir, pas plus qu'à celui des sardines, des archanges ou des zombies. « C'est ça, ce sont des zombies », disait-il. Des individus qui ont vécu leur petite mutation avec toutes ses contingences et qui forment une communauté à part. Qui ont d'autres humeurs, une autre disposition, d'autres coutumes, rythmes, formes de loisirs. Mais assez dissimilaires pour inspirer la nécessité effrayante de les fuir pour éviter qu'ils vous mordent. « Ils sont sans doute sympas, je ne dis pas, je suis en faveur de leur entrée dans le jeu constitutionnel », disait Manuel. Mais il fallait se sauver quand on les voyait parce que leur manière d'être dans le monde était cliniquement autre.

Il était important qu'ils ne le touchent pas, même pas de leur haleine. Et lui ne devait les toucher qu'avec un bâton, et seulement s'il n'avait pas le choix.

Il fallait se protéger des zombies et de la Mochefèse comme d'un dangereux détraqué. Le mieux aurait été de les cacher, eux. Mais comme on ne peut les concentrer en un seul endroit, le mieux est de se promener enfermé dans son propre *camp concentré*. Il fallait les voir comme les poux dont on vient de se débarrasser en se rasant la tête, leur réserver le même traitement qu'au type qui a voulu vous frapper sans raison dans le vestibule de la rue Montera.

Ordre du médecin. Mais Manuel avait toujours les Mochefèses autour de lui. Quelle contradiction ridicule, quelle folie anti-hygiénique.

20

La femme de ménage respectait à la lettre son engagement hebdomadaire. Un jeudi de la mi-novembre, Manuel s'est levé tard et, dans sa confusion, il a cru que c'était mercredi. Il a fait un feu dans l'âtre sans prendre la moindre précaution et s'est mis à chauffer le lait du petit déjeuner. Le bois brûlait déjà bien lorsqu'il a entendu du bruit dans la maison voisine. Il a compris qu'il s'était emmêlé les guiboles dans les jours de la semaine et que la femme travaillait de l'autre côté du mur.

À toute vitesse, Manuel a jeté de l'eau sur le feu naissant, formant avec les cendres de la veille une sorte de colle noire qu'il devrait trouver le moyen de racler par la suite. Paralysé, buvant le lait froid à petites gorgées silencieuses, il a attendu. Heureusement, il venait de se lever et n'avait pas encore ouvert portes et fenêtres. L'employée a travaillé pendant encore une demi-heure. Quand elle a commencé à ramasser ses affaires, Manuel a sorti le nez par la fenêtre pour s'assurer qu'elle s'en allait.

Avant de monter dans sa voiture, la femme a fait une chose remarquable. Elle a laissé les clés de la maison dans la boîte aux lettres. Visiblement les Mochefèses ne voulaient pas qu'une inconnue se promène avec elles. Mais ils devaient les laisser à Zarzahuriel pour que l'employée puisse faire son travail. Elle n'emportait avec elle que la petite clé de la boîte aux lettres, dans laquelle se trouvaient celles de la maison. Les propriétaires n'étaient manifestement pas inquiets à l'idée que le trousseau reste dans la boîte, qui en plus était cachée à la vue. C'était justement pour cette raison qu'ils vivaient seuls dans ce coin perdu. Un type, caché dans le grenier de la maison mitoyenne, les espionnait pour voir où ils laissaient les clés ? Allons donc. Qui irait imaginer une chose pareille ?

L'employée est donc montée dans sa voiture, a démarré et filé. Joaqui et les siens se sont rendus à Zarzahuriel ce weekend-là, comme toujours, avant de repartir par où ils étaient venus.

Manuel a eu une initiative qu'il a mis plusieurs jours à me raconter. Il a gardé le secret comme par désir d'intimité, chose qui lui manquait cruellement depuis l'arrivée de la moisissure. Il a tout de même fini par m'en faire le récit, comme toujours.

La maison bleue ne portait la plaque d'aucune entreprise de surveillance télématique. Les Mochefèses finiraient par y avoir recours, eux si accros aux jouets de plastique et aux câbles, « la sécurité des miens est ma plus haute priorité ». Mais, rassurés par le fait qu'il n'y avait pas âme qui vive à Zarzahuriel, ils n'avaient pas encore passé commande.

Manuel a consacré le lundi et le mardi à des préparatifs. Il a attendu le mercredi en milieu de matinée, lorsqu'il a eu la certitude qu'aucun apprenti ne viendrait planter un clou dans le mur pour y suspendre un calendrier. Puis il a quitté sa tanière.

Il transportait son sac en raphia bleu, qui allait bien avec la façade des voisins, et dans lequel il avait placé de menus objets. Il a franchi les quelques mètres qui le séparaient de la porte mochefèse. Sortant son tournevis, il s'en est servi pour retirer les quatre vis qui retenaient la boîte aux lettres contre le mur. Il l'a renversée et l'a secouée. Les clés sont tombées de la rainure par laquelle elles étaient entrées. Il a remis la boîte à sa place, a ouvert la maison mochefèse de manière civilisée et y est entré.

Il a trouvé asphyxiante l'odeur de désodorisant d'ambiance, de cendres de chêne vert et de fioul, de couches en plastique et de baskets qui avaient déjà marqué pas mal de buts.

Il s'est mis à l'ouvrage en commençant par le salon.

Il a dévissé le couvercle des trois boîtes des stores. Dans les unes, il a mis du foie, dans les autres du poumon de porc, des abats du Lidl dont il connaissait la puanteur immonde au moment de la putréfaction. C'est une puanteur qui nous rappelle anthropologiquement les morts, les nôtres, peut-on supposer. Et qui nous fait horreur, qui nous met face à notre fin et celle de nos ancêtres, ravis de nous donner la vie et au bout du compte convertis en détritus.

Il a ouvert le boîtier de certains objets que chérissaient tout particulièrement les habitants de la maison : les télécommandes de plusieurs télés, de plusieurs chaînes hi-fi et des stores. Il a arrosé l'intérieur de chaque engin avec une bouteille de coca qu'il a trouvée dans la cuisine, mettant hors jeu leurs circuits. Puis il les a remontés en essuyant avec soin les restes de boisson.

De retour à la cuisine, il a desserré deux ou trois armoires fixées aux carreaux. Juste assez pour insérer de fines tranches d'abats entre le bois et le mur, destinés eux aussi par la loi vitale à une biodégradation pestilentielle.

Il a dévissé le filtre du robinet, cet embout avec un grillage qu'il faut nettoyer régulièrement pour en retirer les sédiments solides. Il y a glissé un cube de fumet de poisson trouvé dans le garde-manger. L'eau courante, si vantée dans la région, sentirait la halle aux poissons. À ces futés de se demander comment les poissons du littoral avaient bien pu gagner l'intérieur péninsulaire du pays.

Sous le plan de travail, dans le sombre dièdre entre le sol et le mur, Manuel a répandu de généreuses quantités d'aliments qui ne dégageaient pas d'odeur mais qui attireraient une faune multi-pattes : du sucre, de la confiture, du miel. Il a pris ces sucreries dans une armoire à provisions, contribution des Mochefèses à leur propre perte. Il y a également déposé des bouts de chorizo de piètre qualité, celui qu'on ne repère pas parce qu'il n'a pas une odeur très prononcée. Ça, c'est lui qui l'avait apporté. Laissé à l'air libre, il appellerait les souris.

Il cherchait une cachette où mettre une éponge imprégnée de lait pour qu'elle y fermente. Le lait tourné sent mauvais, mais le lait qui pourrit depuis des semaines a une odeur désespérante. Une odeur qui ne touche pas seulement la glande pituitaire, mais aussi le cœur. Une odeur qui remplit les veines de questions du type : est-ce que ça vaut la peine de continuer à vivre dans un monde où plane une pestilence aussi infernale ?

Il a trouvé l'emplacement idoine sous le frigo. Si les Mochefèses détectaient la source de l'odeur, ils déplaceraient l'appareil pour chercher l'objet coupable. Ils décaleraient en même temps l'éponge, qui passerait inaperçue, et la pourriture continuerait à proliférer.

Manuel a eu la bonne surprise de tomber sur un paquet d'Aguaplast, sans doute oublié par les ouvriers qui avaient installé les stores à bouton. Il a répandu le contenu dans les tuyaux d'écoulement de la cuisine et des salles de bains, et la poudre de plâtre y est tombée à l'état encore solide. Les Mochefèses eux-mêmes, incapables de vivre sans gaspiller d'eau, donneraient forme au mélange. Ils seraient les co-auteurs des blocages minéraux.

À l'aide d'une aiguille à coudre, il a percé un trou dans le caoutchouc orange de la bouteille de gaz qui la reliait à la plaque de cuisson. L'orifice était invisible. L'odeur de gaz sonnerait immédiatement l'alarme, aïe mes enfants.

Il a ouvert le boîtier du micro-ondes, de l'aspirateur et des sèche-cheveux, devinez avec quel outil. Dans chacun des appareils il a tranché un câble, ni vu ni connu. Puis il les a refermés.

Il est passé à la chaudière, installée dans la salle de contrôle aménagée au rez-de-chaussée. L'appareil de chauffage était un Ferroli, choisi en raison de son dispositif d'activation à distance à partir du portable (appelé contrôle GSM) qui permettait aux aliborons de jouer aux robots en l'allumant des heures avant leur arrivée. À côté, on trouvait le réservoir de gazole de neuf cents litres en plastique blanc translucide. Il était à moitié plein.

Comme c'est généralement le cas, le réservoir se trouvait dans un coin et deux de ses faces étaient cachées à la vue. Manuel a pris un clou fin entre ses pinces et en a chauffé le bout à blanc à l'aide de son briquet. Glissant la main entre le mur et l'arrière du réservoir, il a utilisé le clou pour trouer le plastique à la hauteur des huit cent cinquante litres. Lors de la prochaine livraison, qui remplirait le réservoir, les cinquante derniers litres s'égoutteraient peu à peu par ce trou. Que les Mochefèses trouvent une flaque de danger brun au sol sans comprendre ce qui leur arrivait. Qu'ils éteignent le chauffage et qu'ils se tapent le froid, ça les réveillera.

Il leur inoculait une infection latente. Une syphilis dormante, une pourriture invisible du ciment. On était loin des coups de gourdin qu'aurait donnés un malheureux inconscient, provoquant l'appel à la police d'une Joaqui angoissée (justement l'appel que Manuel devait éviter à tout prix). Pas de place pour les entailles, les tiroirs ouverts, les rideaux arrachés ou d'autres mauvais coups traditionnels. Manuel aurait fait peu de dommages ainsi, même en s'en prenant aux pieds de la table ou à l'écran de la télé. Des enfantillages, comparés avec les fioritures qu'il avait concoctées. Ses pièges ne déclencheraient pas l'alarme qui ferait rappliquer les flics en moins de deux. Il ne s'est pas appliqué à tout casser, à tout déchirer. Et il n'a pas chié sur le tapis pour signer l'acte, comme on le fait généralement dans les violations de domicile de cet acabit.

Ses tactiques impliquaient une destruction à retardement, qui transformerait la maison en jungle sans que ses habitants comprennent comment. Malédiction, sortilège ? S'ils y tenaient. L'essentiel était qu'ils n'aient plus envie de venir, grâce à l'agression programmée, à la razzia en différé, à la vacherie à distance et à flux tendu, à la mèche longue et aux bombes à minuterie. Recourir aux missiles terre-terre pour que tout vole dans les airs-airs.

Il visait la dispersion chronologique des effets. Son intention était de les échelonner pour éviter qu'on y voie des actes prémédités. Ses mines étaient cachées et exploseraient sans bruit. On croirait à des hasards ou aux fruits de la négligence, du laisser-aller général, rien à voir avec une perfide main humaine. C'était l'œuvre d'un auteur tellement indéterminé qu'on ne verrait aucun signe de son autorité. Tel était justement le but recherché par l'auteur de ces crimes, celui dont on ignorerait jusqu'à l'existence.

Rien ne révélerait l'intervention d'un acteur humain : pas de démolition, pas de lettres anonymes, pas de coups, pas de graffiti ni d'autre trace de préméditation. Rien de visible. De la sorcellerie.

Les matériaux nécessaires pour la télé-agression étaient d'une simplicité déconcertante : des outils basiques, des composés insignifiants, des résidus bons pour les ordures. Des objets et des provisions qu'on trouve dans n'importe quel foyer. Manuel a tout fait au moyen de petits objets inoffensifs qu'il m'avait fait commander au Lidl : des ustensiles, des instruments et des produits (transformés en armes) présents dans toutes les maisons. Y compris dans la sienne, où il n'y avait rien. Certes, quelques éléments de l'attaque ont été fournis par les Mochefèses eux-mêmes, collaboration qui réjouissait énormément Manuel. Pour le reste, il n'a utilisé, pour son offensive, que des préparations et des objets courants. Plus son fameux tournevis. Celui dont il ne se séparait jamais, sa baguette magique.

Il ne resterait aucun signe de la présence d'un intrus. Je ne crois pas que Manuel, précis comme une règle d'architecte, en ait laissé. Mais même s'il avait cassé quelque objet par mégarde, les choses en seraient restées là. Joaqui trouverait le morceau cassé et cette braillarde impressionnable rameuterait toute la smala. Mais elle se calmerait après avoir passé la maison en revue et avoir trouvé chaque chose à sa place. Elle attribuerait le dégât à une collusion du vent, à un coup aveugle de la chouette, à la course du puma ibérique, ou à un autre assaut propre à ces contrées ensauvagées. Bref, elle mettrait l'accident sur le compte de dame Nature, cette emmerdeuse, des derniers invités ou des caprices du hasard. Ici, le fait que Manuel n'ait jamais donné le moindre signe de son existence jouait en sa faveur.

21

Il a poursuivi sa visite en montant au premier, où il a été accueilli par les deux salles de bains. Il a dévissé l'embout de plusieurs robinets. À l'intérieur de certains, il a mis un petit morceau de savon. Dans d'autres, il a glissé quelques éclats du plâtre lézardé de sa maison (« l'eau est très calcaire, par ici », alléguerait peut-être un naïf). Quand les parents interdiraient l'eau de la cuisine parce qu'elle sentirait le maquereau, ils auraient droit à un parfum de baignoire et de cloison.

Il avait apporté avec lui une sélection des huit ou dix titres les plus ennuyeux de la collection Austral. Il en a jeté deux dans les W.C. Tranquillement, un chapitre à la fois, pour que le tout descende et ne remonte plus. Il y a jeté quelques pierres aussi, pour aider. Dans la campagne généreuse de ses bienfaits, ce n'est pas ça qui manquait.

Il a introduit un long clou de son auge-quincaillerie dans le tuyau d'écoulement de la baignoire, jusqu'à sentir qu'il ne pouvait aller plus loin. Il a frappé la tête du clou avec le colback de son tomahawk. Il ne pouvait être sûr de la profondeur de l'ébréchure qu'il avait faite à l'intérieur des canalisations, mais à en juger par le bruit, il avait ouvert une fissure discrète. L'eau qui s'infiltrerait par la tuyauterie gagnerait le plafond du salon des jours ou des semaines plus tard, selon la largeur de l'entaille. Après l'avant-garde de ses odeurs de stagnation, elle ouvrirait le feu avec l'infanterie de ses taches en forme d'œuf au plat, avant de lancer l'artillerie de ses détachements de plâtre, puis la cavalerie de ses écoulements à grosses gouttes.

Ensuite, Manuel a visité les chambres à coucher. Dans plusieurs d'entre elles, il y avait une armoire à linge. Avec le cutter, il a fait des entailles dans les draps. Le temps et les pieds en feraient de grands sept, puis de plus grands soixante-dix-sept.

Une semaine après être sortis de leur coquille, les œufs ne sentent pas précisément l'omelette du jour. Manuel en a battu dix légèrement et les a versés sur le dessus de plusieurs armoires. À court terme, un vernis; à long terme, une pestilence. Il a répandu le reste du mélange sous les radiateurs. Avec la chaleur, cette laque fétide ferait effet plus rapidement.

Il est sorti sur le balcon de la chambre des maîtres et a desserré les attaches de la rampe. Il faudrait vraiment avoir le cerveau ralenti pour ne pas s'apercevoir qu'elle menaçait de tomber et s'en tenir loin à titre préventif. Mais les Mochefèses étaient particulièrement doués dans cette catégorie.

Il a glissé des bouts de bois d'un *manuélomètre* de longueur dans les trous des prises de courant: les usagers deviendraient fous en voulant y introduire la fiche d'un appareil. Il s'imaginait avec plaisir le vieux bricoleur à la perceuse-sableuse qui s'attaquait à la réparation et finissait secoué par l'équivalent de plusieurs coups de fouet.

À l'aide des pinces, il a mis K.-O. le compteur électrique, et que les Mochefèses s'arrangent avec les services publics.

Il a fait bon usage de la colle à attraper les souris que je lui avais envoyée par SEUR en août, peu après son arrivée. Cet adhésif anti-bestioles conserve ses propriétés plusieurs mois. Une fois qu'on en a sur les doigts, pas moyen de s'en débarrasser. Il en a laissé de petites quantités sur les poignées, les guidons et les robinets, ainsi que dans les boutonnières et les poches de plusieurs manteaux. Il lui restait presque tout le tube, parce qu'il s'était habitué depuis longtemps aux petites souris de la campagne. Il en avait un autre, de toute façon.

Il s'est mis cinq chewing-gums dans la bouche en même temps, de ceux que je lui avais envoyés pour lui remonter le moral quand je croyais qu'il souffrait de solitude. Il en a collé de petits bouts dans les serrures devant lesquelles il passait, en enfonçant bien chacun pour qu'il sèche et passe inaperçu. D'empotés comme ceux-là, du moins.

Il a submergé dans l'eau les chargeurs de portables supplémentaires qu'on avait laissés à Zarzahuriel au cas où les propriétaires oublieraient à Madrid ceux qu'ils utilisaient normalement. Il les a essuyés avec tendresse.

Puis il est monté sur le toit. Il a enlevé deux douzaines de tuiles pour permettre à l'automne pluvieux et l'hiver neigeux de faire leur œuvre. Il a condamné la cheminée de l'extérieur en la bourrant de la balle formée par les sacs du Lidl et du Pryca dont il ne savait que faire. Il a malmené la balle pour que les sacs restent bien au fond. Dans le trou ouvert par son attaque, il a fourré d'autres objets en plastique, tirés de son fond de résidus inorganiques inutiles.

Il s'est dirigé vers la gouttière et a glissé dans la descente d'autres livres qui ne l'avaient pas séduit. Dans le gosier de la tuyauterie, la pluie qui tomberait sur le toit convertirait le papier en blocage invisible. Il formerait une boule de pâte qui donnerait des haut-le-cœur aux canalisations, lesquelles finiraient par débagouler toute l'eau qu'elles avaient avalée.

Manuel est redescendu sur la terre ferme. Il a versé du sel ordinaire, celui qui sert à se rincer les dents, sur les stupides plantes en pot que les Mochefèses venaient de s'acheter dans une grande surface. Personne n'y prêtait attention, on aurait dit qu'ils les avaient achetées par obligation. Il fallait faire à cette flore la fleur de la suicider.

Il avait apporté quelques pots en verre sans leur couvercle. Prenant une serviette dans la salle de bains du rez-de-chaussée, il a posé les contenants dessus et en a fait un balluchon qu'il a frappé plusieurs fois contre le sol. Les pots se sont cassés en mille petits morceaux. Manuel est sorti dans la cour, où les enfants jouaient au foot, et a secoué la serviette au-dessus de l'herbe, y semant des graines de verre.

Il est retourné dans la salle de bains pour lui rendre sa serviette, saupoudrée d'une invisible poussière de verre qui promettait de nouveaux dégâts. En quittant la pièce, il a remarqué un objet qu'il n'avait pas vu jusque-là : un porte-papier d'un genre particulier. L'invention, munie d'un commutateur, déroulait du papier hygiénique à la température du corps humain. Manuel est resté à regarder l'engin, comme hypnotisé. Mais il n'y a pas touché.

Ayant décidé que la visite était terminée, il s'est préparé à rentrer. Remarquez qu'il aurait pu profiter du déplacement pour subtiliser de la nourriture, du linge de maison ou d'autres articles domestiques. Il aurait pu, en prime, et grâce à son habileté manuelle (ha !), détourner du courant vers sa maison. Il n'y a même pas songé. Il était déjà comblé.

Il ressentait plutôt une profonde joie à l'idée d'avoir respecté une grande maxime stratégique : on remporte une demi-victoire lorsque notre ennemi ignore qu'on est le sien.

Et on signe une victoire complète lorsque notre ennemi ne sait même pas qu'on existe.

C'était l'automne. En ce mercredi des opérations, les hirondelles aux nids détruits n'étaient sans doute pas à Zarzahuriel. Elles avaient dû émigrer. Avec un peu de chance, à leur retour, les espèces non migratoires leur raconteraient tous les traficotages qu'avait effectués là-dedans le garçon d'à côté. À titre de revanche.

Manuel a passé les lieux en revue pour être certain de n'avoir laissé aucune trace de son passage. Le travail terminé, il a fait le tour de la maison en examinant sans se presser les régions mochefèses de l'intérieur. Il a trouvé des déchets pour comato-galeux, des merderies de postillonneurs couillonnés. Parmi les affreusetés, leurs livres. De la littérature de Saint-Valentin, des engins écrits par des *nègres* et signés par des vedettes de la télé, des livres de développement personnel qui n'avaient en rien développé leur personne, puis les extraterrestres mêlés à saint Jean et aux Incas, aux Martiens et autres voix de l'au-delà. La pâture traditionnelle des dingos qui se seraient gavés de livres de chevalerie au XVIe siècle.

Peut-être sentiraient-ils un jour les effets des mines que Manuel venait de poser. Ces entichés du paranormal attribueraient les phénomènes étranges à une malédiction magique, à un esprit funeste qui campait dans la maison en y portant la poisse au nom d'un maléfice antique, rural, spectral et incrusté. Le plus important, c'est de trouver une explication aux événements, dût-on chercher la réponse outre-tombe. Et puis, au bout du compte, les ensorcellements ne sont que les saloperies d'un voisin énervé qui n'a rien d'une apparition, marche sur deux jambes et se gratte le dos avec l'essuie-glace d'une vieille voiture.

Suspendus dans les couloirs et les chambres, Manuel a vu des Christ aux yeux bleus et des Vierges folkloriques. Des croix et des médailles sacrées aussi, réunies par une bande qui n'avait jamais passé une seule minute à sanctifier le dimanche. Si quelqu'un pouvait en témoigner, c'était bien Manuel (en dehors du Dieu omnimode qui se résumait pour eux à une décoration murale). Être catholique et ne pas pratiquer, professer la foi de Rome et vivre en état de péché mortel. C'était l'une de ces incohérences en matière de transcendance qui forment le goudron de l'imbécillité suintante dans lequel on clapote quand par malheur on croise le chemin de faux dévots.

Les étagères du salon débordaient de petits souvenirs de province dont la forme évoquait les organes génitaux, accompagnés de force photos de famille. On remarquait tout particulièrement celle de Joaqui à Pise, qui soutenait la Tour d'une seule main. Voilà : la mochefèserie pure, la carte internationale du tourisme-fléau. Peut-être un lecteur a-t-il pris la même pose. Allez, je suis désolé si je t'ai offensé, mais ne tire pas sur le messager.

Manuel est sorti de la maison, a laissé les clés dans la boîte aux lettres et a regagné sa tanière. Il s'est lavé pour se calmer les nerfs, sans savon, comme toujours. Il a lu un peu à la lumière donnée, puisque c'était encore mercredi et qu'il pouvait se permettre ce luxe.

22

Le jeudi, le branle-bas contractuel a eu lieu. Inutile d'espérer voir déjà des signes manifestes des préparations conçues pour exploser comme des bombes à retardement. Mais le vendredi qui s'approchait était chargé de nouvelles émotions. Quand les Mochefèses reviendraient, Manuel pourrait attribuer aux pièges qu'il avait posés les hurlements qu'il entendrait au cours du week-end. Ça l'aiderait à les supporter.

Le jour habituel venu, la Mochefèse s'est pointée à six heures. Le dimanche, tout le monde est parti. Manuel n'a rien remarqué durant leur séjour. Très bien, l'initiative du sac de raphia bleu. Très jolie. Mais de toute évidence, l'offensive qu'il avait lancée n'avait pas encore créé de conséquences concrètes et visibles.

Les Mochefèses avaient certainement dû se passer de micro-ondes durant le week-end, avaient dû boire du bouillon ou un milkshake de plâtre s'ils avaient utilisé l'eau du robinet. Mais il faudrait des jours pour que les meilleurs assauts fassent sentir leurs effets, pour que les microbes malodorants colonisent les entrailles des charcuteries et le lait de la vache, pour que la cheminée murée enfume la maison. Des semaines pour que le camion de gazole renverse son jus sur le sol par le petit trou du réservoir de combustible, pour que les doigts de pieds nus déchirent les draps au coucher. Des mois pour qu'un plafonnier d'humidité décore le plafond du salon et pour que l'entreprise hydroélectrique accuse les Mochefèses d'avoir touché illégitimement aux sacro-saints scellés. Il faudrait patienter jusqu'à l'été, rien de moins, pour que les gamins recommencent à jouer sans chaussures dans la cour, où les plantes de leurs pieds iraient à la rencontre du verre cassé. Tout, ou presque, allait tarder.

Et même si le défilé de désastres avait eu lieu cet après-midi même, Manuel n'aurait pu y assister. Ce vendredi, il avait déjà raté les mines dégoûtées devant le robinet et troublées à la vue de certains appareils divorcés de leurs circuits. Mais s'ils lui avaient permis de se venger un peu et de canaliser sa rage, ses empoisonnements, comprenait Manuel, n'allaient pas révolutionner le monde. Le pire, c'était ça : rien de ce qu'il avait fait n'allait éloigner de lui ce calice. Aucune des innocentes petites calamités qu'il avait semées n'allait chasser les puants de Zarzahuriel.

C'était de nouveau mercredi. Un matin très froid à l'ombre et très agréable au soleil, comme souvent durant les jours dégagés de l'automne dans l'intérieur ibérique. Manuel était troublé par l'inutilité de ses gestes et par leur incapacité totale à l'apaiser. Il n'avait pas avancé d'une case. Pas une seule. Il est sorti dans la cour et s'est abandonné au soleil, qui dissolvait le froid comme un poêle public posé par le conseil général dans son champ de compétences. La chaleur qui pénétrait ses os s'est associée à la mémoire. Le manège se répétait depuis une semaine déjà. Dès qu'il sentait un brin de chaleur, il se rappelait ce qu'il avait vu dans la salle de bains de la maison bleue, en remettant à sa place la serviette au verre brisé. Le porte-papier de la résistance. L'histoire du porte-papier chauffant. Le dossier du porte-papier climatisé.

Ce porte-papier du diable. Il n'arrivait pas à penser à autre chose. Quand il se rappelait la stupidité abyssale de l'engin, des rhizomes poussaient dans ses nerfs rachidiens, et ça le chagrinait et lui confirmait que ses petits pièges étaient nettement insuffisants.

D'un bond, il est rentré chez lui et s'est emparé de quelques articles, nettement moins nombreux que la fois précédente. Il est retourné à la boîte aux lettres mochefèse, l'a dévissée de nouveau, l'a renversée pour récupérer les clés et l'a remise en place. Entrant chez la Mochefèse pour la deuxième fois en une semaine, il est allé tout droit vers la chaudière. Cette fois, ignorant le réservoir, il s'est attaqué à l'appareil lui-même. Il a retiré son couvercle frontal, puis celui du boîtier de protection du brûleur. Comme la nuit où il avait séquestré le panneau solaire, l'ingénieur trouvait plus d'occasions d'exercer ses compétences professionnelles dans le hameau désert qu'à Madrid.

Puis il a assemblé son futur détonateur. Il a inséré quatre allumettes, le cul en haut, dans la bouche du tube de colle pour souris encore intouché. Comme tous les adhésifs, elle était inflammable, mais elle ne s'évaporait pas et ne se desséchait pas. La tête des allumettes dépassait de l'emballage de plastique. Manuel a pris une bande de ruban isolant, celui que je lui avais envoyé à l'époque et qui l'avait si bien servi. Il l'a utilisée pour fixer le tube au vaisseau de combustion du brûleur, avec les allumettes à un centimètre du métal. Dans un des conduits de gazole, il a créé une minuscule fissure à l'aide de son couteau dentelé. Une fêlure d'un millimètre, juste assez grande pour laisser exsuder le liquide.

Il a sorti l'autre tube de colle, celui qui agonisait presque. Avec ce qu'il en restait, il a tiré un cordon entre les allumettes-détonatrices et la canule récemment perforée. Puis il a revissé les couvercles avec son outil préféré. Il a laissé le tout, au moins en apparence, exactement comme il l'avait trouvé.

On était en novembre, et les températures dégringolaient vers les vallées de janvier. La chaudière devrait fournir des efforts en plus en plus gros pour maintenir les vingt-cinq degrés que Joaqui devait considérer comme la cote-confort acceptable. Avec l'arrivée du froid, l'appareil brûlerait davantage de gazole, pour des périodes plus longues. Quand il serait sommé de rattraper une différence significative entre la température extérieure et celle que Joaqui exigerait depuis son portable, les allumettes retrouveraient leur capacité à s'enflammer grâce à la contagion thermique du brûleur à haut rendement.

Selon les calculs de Manuel, les températures inférieures à zéro de la campagne zarzahurielesque et les manipulations téléphoniques de Joaqui entraîneraient l'expansion de la chaleur, l'étincelle créatrice et la contagion incandescente de la colle. Le feu courrait du conduit percé vers le gazole en passant par le fil de colle qui les reliait. Là, il prendrait de l'ampleur. La proximité du réservoir de combustible ferait le reste. À moins qu'un été éternel s'installe dans la péninsule, Manuel venait de semer des graines de feu dans la maison bleue. Comme lorsqu'il avait planté les potirons qu'il avait dû arracher ensuite, orangés et lumineux comme des flammes.

Le réservoir de gazole était un peu moins qu'à moitié plein. C'était trop de combustible encore, assez pour mettre le feu à la moitié de Zarzahuriel. Mais le volume baisserait vite dans une communauté familiale où tout générait des besoins de chaleur. Au train où ils allaient, l'incendie serait circonscrit à la maison bleue.

La chaudière était très loin du domaine de Manuel. Mais si le feu gagnait sa grotte, il y verrait un mal mineur.

Comme les Mochefèses allumaient toujours le chauffage plusieurs heures avant leur arrivée, il n'y aurait pas de malheurs personnels à déplorer en cas de sinistre. Il ne s'agissait pas non plus d'immoler quelqu'un.

Manuel est retourné chez lui en laissant les clés dans la boîte aux lettres pour que l'employée les trouve à leur place le lendemain.

Il s'est couché, s'est levé. Jeudi. L'après-midi, après avoir constaté que personne ne rôdait autour de la maison, il a décidé de couper un peu de bois. À l'instar du travail avec les étrangers et des arrangements domestiques, il avait négligé les *boiseries* depuis que la vie en communauté lui avait ôté l'envie de faire quoi que ce soit. Ce jour-là, il a pris son courage à deux mains après un goûter de soupe au lait. Dans la cuisine, il a saisi la hache et s'est mis à débiter une bûche. Tout en réfléchissant. Comme il réfléchissait depuis la veille, le jour de la chaudière.

Il était rongé par l'idée d'avoir dépassé les bornes. Mais une chose était certaine : la seconde expédition était bien plus savoureuse que la première, elle avait le bon goût d'une induction qui rendrait les choses plus intéressantes. Ça, c'était agir, agir pour de vrai. Il ne viendrait pas à bout des Mochefèses avec de petits contretemps fades, relativement faciles à tolérer ou à résoudre. Il avait bien fait.

Puis il s'est laissé bercer par une rêverie dans laquelle la grande cheffe de la tribu, sans savoir ce qui lui pendait au bout du nez, jouait de son mobile, envoyant sa musique au parterre de la salle de chaudière. L'étincelle naissait, devenait flamme, la flamme prospérait, se multipliait pour devenir une famille et enveloppait les objets, s'emparait des piles du magazine *¡Hola!*, des utilihorreurs vendues à la télé, des petits sacs de crotte de chien, du robot culinaire avec lequel personne ne *culinait*. Parvenu à ces hauteurs, Manuel s'est de nouveau convaincu que l'appareil inflammateur était très bien comme il était.

Le problème, c'est qu'il lui arrivait de se dire encore qu'il avait exagéré avec son lance-flammes. Ici, ses rêves éveillés changeaient de direction. Il se demandait s'il n'y était pas allé un peu fort. Il éprouvait des remords. Il revenait à l'option d'attendre le lundi pour gagner la salle de la chaudière, défaire son montage et rendre la colle à son utilisation ordinaire. Il avait de nouveau envie de dé-semer une pagaille criminelle et peut-être disproportionnée.

Mais alors il repensait à la bibliothèque des Mochefèses, à leur piété feinte, à leurs hurlements permanents et à leur télé-poubelle, il se rappelait leur porte-papier de putain de merde et il éprouvait un grand désir de retourner à la salle de la chaudière et de rapprocher le détonateur pour réduire le décalage thermique et donc le délai d'attente. Son ressentiment s'estompait. Puis il revenait en force.

Il en était là, à se débattre, avance-recule, soupesant le pour et le contre. Il sentait la force de l'indécision s'amasser dans son bras, manière de canaliser ses doutes dévorants. Comme il allait frapper un bon coup de hache, quelqu'un a ouvert la porte de la cuisine. L'outil en haut et le bois qui l'attendait en bas, Manuel a tourné la tête et l'a vue.

C'était Joaqui qui pénétrait, apeurée, dans la maison collée à la sienne après y avoir entendu du bruit. Mais on était jeudi, que foutait-elle là, comment se faisait-il qu'il ne l'ait pas entendue, qu'est-ce qui arrivait ?

La peur l'a perturbé. L'impact virtuel était tel que son bras a dévié de sa trajectoire : le tomahawk s'est logé avec violence dans son péroné droit. Il y a abouti avec force, avec toute la vigueur amassée pour faire éclater la bûche. Manuel s'était haché le bâton, s'était abattu l'extrémité. L'entaille l'a épouvanté. Quelle horreur. Déchirement musculaire et fracture osseuse. Au milieu de son mollet était apparu un angle nouveau, inédit à cet endroit. Sa patte ressemblait à ces boîtes segmentées de calcul des racines carrées. Il s'est avalé la gorge, s'est mordu la molaire.

Et Joaqui devant lui, qui venait de faire irruption. Elle avait peur d'avance, mais le traumatisme s'est multiplié avec le cri en escalade qu'avait poussé le blessé.

Comment réagir en cas d'incident grave comme celui-ci ? Nous avions tout prévu. Manuel demanderait de l'aide par téléphone, enfreignant ainsi sa propre loi du silence. Ou il m'appellerait. J'essaierais de trouver quelqu'un, Dieu sait qui, pour me reconduire là-bas, sachant que c'en serait fini de son secret de taupe si nous mettions un tiers dans le coup. Manuel aurait à tenir pendant plusieurs heures, jusqu'à mon arrivée. Il l'aurait fait. Mais ni le temps ni les circonstances ne le permettaient dans ce cas. Il n'a pu refuser l'aide de Joaqui, dont il avait un besoin urgent.

Derrière elle, il y avait deux de ses filles, un gendre, cinq ou six personnes, en gros. Ils ont pris d'assaut la maison de Manuel. Les regardés le regardaient. Les voisins se voyaient pour la première fois de pupille à pupille. De près, ils étaient pires. Ils étaient arrivés dans plusieurs voitures, dont l'une pouvait bien transporter l'entaillé. Mais Joaqui, rejetant cette option, a appelé une ambulance. Elle a dit quelque chose à propos d'une daurade qu'elle avait achetée pour le dîner et qui allait se perdre s'ils attendaient le lendemain. Le véhicule médical mettrait bien une demi-heure à arriver, mais Manuel ne pouvait tout de même pas reprocher à Joaqui de rechigner à le transporter elle-même, lui qui avait semé des pièges dans toute sa maison. Cela dit, cette bonne femme devait être une de ces truies dont on tire la mortadelle minable et la couenne frite qui vous donnent des brûlures d'estomac. Si seulement la fessue pouvait se transformer en zombie pour de vrai, exhumée avec ses purulences réelles et non métaphoriques, et recevoir la même aide chiche.

Ils ont noué un t-shirt autour de la plaie de Manuel pour contenir l'hémorragie. L'ambulance mettrait un moment à arriver. Moment qu'il a bien fallu meubler en conversant. J'ai du mal à imaginer Manuel deviser avec qui que ce soit. Mais encore moins avec la nouvelle gouverneure de Zarzahuriel et plusieurs représentants de son congrès. Et Manuel, la patte à l'air, la jambe en sang, le pantalon rougi. Ils ont causé comme ils ont pu, est-ce que c'est mieux de ne pas bouger, as-tu des vêtements propres à emporter à l'hôpital, ils y mettent le temps, les secouristes, est-ce que tu as mal, j'ai du Reflex à la maison si tu en veux. Ça vous raidit un coup de penser à Joaqui qui se demandait d'où sortait ce sauvage, atterri dans le voisinage comme si on l'avait déposé en parachute, hache en main.

Joaqui a proclamé que le blessé aurait besoin de sa carte de la Sécu à son arrivée à l'hôpital. Il aurait mieux valu qu'elle se tienne coite, cette malheureuse. Ça me fait mal de penser à Manuel qui essayait de la cacher, d'en nier l'existence, conscient du fait que ses papiers d'identité étaient sa carte d'embarquement pour la prison. Il a prétendu maladroitement les avoir égarés. Tous se sont mis à les chercher. Dans une maison aussi dépouillée, veuve et orpheline d'accessoires, ils n'ont pas tardé à mettre la main dessus. Ils étaient rangés dans un tiroir, à l'intérieur du portefeuille mis à l'écart il y avait plus d'un an, avec son permis de conduire et les soixante-quinze euros qu'il avait en poche le jour de son évaporation. Son portable, comme toujours, était rangé dans une poche de son éternelle veste.

Sa patte lui faisait mal, le liquide rouge et pâteux sur le vêtement familier l'effrayait. Mais c'était peu de chose en comparaison avec la torture cuisante qu'il subissait à l'idée de devoir présenter ses papiers d'identité à l'hôpital.

Aux urgences, pour procéder à son inscription, on lui soutirerait un chapelet de données personnelles qui le coinceraient dès son admission. Ils allaient noter les signes particuliers de l'homme caché, son identité, tous les petits caractères de son numéro d'identification, son numéro d'assurance sociale, son rH et la carte de son génome. Il devrait réciter autant de chiffres qu'un annonceur de loterie. Si on le recherchait, on venait de le trouver. Il aurait voulu se sauver en courant. Mais l'état de sa jambe ne lui permettait ni de courir ni de se défendre à grands coups de pied contre les forces de l'ordre public. Manuel était en train de capituler, les mains déjà en l'air.

L'ambulance est enfin arrivée. Le personnel sanitaire a immobilisé l'accidenté, a cadenassé sa maison et l'a amené à T., où se trouvait l'hôpital le plus proche. Joaqui n'a pas oublié de leur remettre le portefeuille du patient.

À l'arrivée, ses cartes ont été confisquées pour qu'on puisse remplir sa fiche. On l'a emmené directement au bloc opératoire. Apparemment, l'infirmière n'a pas eu l'air trop dégoûtée en déshabillant le Manuel qui avait renoncé au savon. Ce qui confirme que quand on bannit le produit, non seulement on n'encourage pas l'odeur corporelle, mais on l'évite.

On a opéré, puis plâtré, le péroné de l'estropié. C'était une sale blessure et il devrait rester deux ou trois jours hospitalisé. On lui a attribué une chambre.

Pendant toute une journée, j'ai été sans nouvelles de celui qui, pour des raisons évidentes, n'avait pas pu prendre mon appel quotidien. Il a décroché enfin. J'ai commencé à chialer en écoutant son récit. Pas à cause de la fracture et du sang, mais bien parce que j'ai senti que malgré tout le mal que je m'étais donné, mes précautions pour sauvegarder sa cachette avaient échoué amèrement. Tout ça à cause de cette poisse de Joaqui et de sa bande d'insupportables. Des zombies avec un tel pouvoir de conjuration qu'ils pouvaient transformer en ennemie la hache amie de Manuel. Ils étaient de ces filaments de filet qu'il faut extraire d'entre ses dents avant qu'ils vous remplissent la gueule de caries. Il fallait les tenir à distance, les fuir, éviter tout contact avec eux par simple instinct de conservation, comme Manuel l'avait déjà décrété. Mais il était trop tard.

Je lui ai annoncé mon intention d'attraper le premier train ou autocar qui me rapprocherait de T. mais il m'a demandé de n'en rien faire. Au lieu de voyager, je devrais consacrer ces heures et cette énergie à lui chercher un avocat. Il avait hâte d'élaborer un plan de défense. Il avait raison et je m'y suis aussitôt attelé. Le vendredi après-midi n'est pas le moment idéal pour dénicher un juriste.

Dans la confusion des appels, dont la plupart sont restés sans réponse, j'ai reçu une communication d'un numéro qui ne me disait rien. Ce qui était normal, puisque j'étais en pleine recherche. J'ai répondu dans l'espoir d'entendre la voix d'un avocat prêt à me venir en aide. En touchant l'écran du doigt, j'ai songé aux horreurs qui pouvaient encore nous tomber dessus, me disant à part moi que, vu nos incertitudes juridiques et policières, l'appel n'allait peut-être pas nous sortir du pétrin. Mais ce n'était ni un auxiliaire de justice ni un agent de police. C'était Joaqui, rien de moins.

23

Elle s'est présentée. Elle m'a expliqué qu'elle avait mon numéro parce que le jour du coup de hache, elle avait offert de prévenir quiconque devait l'être. Manuel lui avait tendu son portable *imbécile*, où figurait mon numéro (et lui seul). Elle l'a enregistré dans le sien pour pouvoir me joindre immédiatement. Sur les entrefaites, l'ambulance est arrivée et Joaqui a remis l'appel à plus tard, d'abord pour s'occuper des formalités et ensuite pour faire cuire la daurade.

Mais un jour après les faits, déjà, m'appeler pour me raconter une nouvelle périmée n'avait plus de sens. Joaqui devait bien savoir que le blessé, une fois remis de ses émotions, aurait lui-même contacté ses proches. Elle a voulu me faire croire qu'elle m'appelait pour prendre des nouvelles de la santé de Manuel. Mais il était évident qu'elle voulait plutôt enquêter sur l'individu tout sauf impeccable qui coupait du bois à côté de chez elle et dont elle ne savait fichtre rien.

Virtuellement, Manuel comparaissait déjà devant le juge. Il était pénible de feindre la normalité et de cacher mes multiples soucis alors que par la fibre optique, les données personnelles de Manuel couraient déjà de ministère en ministère. Mais il fallait prétendre que tout suivait son cours banal, normal et ordinaire.

Comme je l'avais prévu, la femme a commencé par une formule détournée, destinée à camoufler son inquiétude.

« Pauvre garçon, il a passé un mauvais quart d'heure. C'est qui ? »

Feignant un air naturel, je me suis dépatouillé de mon mieux. J'ai commencé par des vérités. Que c'était mon neveu, qu'il s'appelait Untel, qu'il était de Madrid. Entre-temps, je mijotais une réponse plausible pour la question qu'elle poserait tout ou tard. Qu'était allé fabriquer là-bas ce drôle d'oiseau ?

Je dirais qu'il faisait une excursion, qu'il parcourait des villages abandonnés en signant des reportages pour le supplément voyage d'un journal.

Joaqui a poursuivi sur sa lancée, des plus prévisibles. Cette patte-pelu pensait que je ne la voyais pas tourner autour du pot.

« Quelle surprise, tomber sur quelqu'un ici. Il était de passage ou quoi ? »

J'avais la réponse toute prête, je n'avais qu'à la cracher. Je n'y suis pas parvenu. Je me suis laissé emporter par l'amour de la terre que j'avais attrapé au contact de Manuel. Je n'ai pas pu me retenir de lui raconter un gros mensonge qui recelait une grande part de vérité.

« Non. La maison lui appartient. »

J'ai failli ajouter : « Pas mal plus que la tienne t'appartient, espèce d'eczéma. »

J'ai poursuivi sur le sentier d'une invention dont je pourrais ensuite démêler l'enchevêtrement à coups de nouvelles fabulations. J'étais peut-être en train de tout foutre en l'air, mais je n'avais plus le choix, il fallait poursuivre sur ma lancée. J'ai sorti des bobards qui remontaient à la nuit des temps.

« Elle appartenait à son grand-père maternel, qui est décédé maintenant. La maison a été fermée pendant des années. »

Je me tirais dans le pied, vu que c'était faux. Mais n'importe quelle explication avouable l'aurait été. J'ai bluffé, pariant que cette chattemite n'irait pas consulter le registre des titres de propriété pour voir si je disais vrai. Par chance, je me suis souvenu que ni elle ni ses ancêtres n'étaient de Zarzahuriel. Le jour où Manuel l'avait vue pour la première fois, elle était accompagnée par un type d'une agence immobilière. Elle était donc moins susceptible de débusquer des faussetés dans mon histoire, de démasquer la plus fondamentale en déclarant que la maison appartenait à un monsieur qui avait fait sa première communion avec elle en 1962. Tant qu'à raconter des salades, j'ai dû m'en remettre à la bonne fortune et miser tous mes jetons.

Dans ma tête, j'ai improvisé un montage louche d'embrouillaminis ancestraux et d'héritages mis au rancart, avec neveux et nièces, brus et arrière-petits-enfants répartis dans l'univers entier, dont les uns ne s'intéressaient à rien et les autres convoitaient tout. J'ai fait exprès de cracher un tissu d'incohérences tel que même le fouineur le plus motivé aurait renoncé à pousser l'enquête plus loin. L'important, c'était que Joaqui nous lâche la grappe.

Je pataugeais dans la semoule. Il fallait du concret. Pour accroître mon degré de vraisemblance, j'ai offert, mine de rien et avant qu'elle me les demande, les explications que Joaqui allait tenter subtilement de me soustraire.

« C'était sa première visite, sacré coup d'envoi » (pour expliquer pourquoi ils n'étaient jamais tombés sur lui).

« Il travaille tout le week-end » (pour expliquer ce que Manuel foutait en pleine campagne, un jeudi).

« Je l'ai reconduit là-bas mardi et je comptais aller le chercher vendredi pour qu'il arrive à temps au travail » (pour expliquer pourquoi il n'y avait d'autre voiture dans les environs immédiats que l'épave qui gisait toute défoncée dans l'appentis, comme si quelqu'un pouvait se déplacer avec ça).

« C'est génial que vous soyez à côté maintenant, c'est un lieu trop solitaire » (pour confirmer qu'il était très content d'avoir des voisins ; en prononçant ces mots, j'avais la bouche qui brûlait).

« Trop bien, la campagne, on se sape comme on veut et personne n'y trouve à redire » (pour justifier les vêtements déplorables que portait Manuel quand Joaqui est tombée sur lui).

Le jour du coup de hache, elle a dû remarquer chez lui une certaine quantité d'objets. Peut-être trop pour une personne qui en principe n'y serait que du mardi au vendredi. Puis j'ai compris qu'elle avait effectivement vu tous les biens que Manuel avait accumulés en plusieurs mois, mais des mois d'extrême parcimonie. Soit à peu près la quantité de bidules qu'un type normal se coltinerait pour un séjour de trois jours. Cette idée m'a rassuré.

Nous avons bientôt mis fin à la conversation. En raccrochant, nous nous sommes souhaité mutuellement du bien. Je ne savais pas si je l'avais convaincue avec mon blablabla ou si j'avais eu l'air d'un quintuple imbécile. C'était le comble, se sentir comme le roi des cons devant la tsarine des fellatrices.

Le samedi matin, après trente-six heures d'hospitalisation, un jour et demi après avoir révélé son identité,

Manuel n'avait toujours pas reçu la visite des autorités. Son sentiment était que la police l'avait laissé tranquille durant ces deux jours de soins par simple pitié envers un estropié, par miséricorde élémentaire, pour que cette contrariété ne s'infiltre pas dans ses cellules osseuses, lui laissant la jambe en forme de M pour le reste de sa vie. Mais on lui avait déjà donné son congé, il pourrait sortir à deux heures, et aucun individu semblant avoir l'intention de l'arrêter, l'incriminer ou l'inculper ne s'était profilé à l'horizon de sa chambre.

Pour ma part, je me suis empressé de lui raconter point par point ma conversation avec Joaqui. Plus préoccupé par son arrestation imminente (en pyjama) que par ses voisins, il avait un peu oublié la Mochefèse. Après notre conversation, allongé dans le lit du régime sanitaire public, il s'est remis à y penser.

Si on venait lui passer les menottes à cause du vestibule de la rue Montera, à quoi bon se casser la nénette pour les voisins ou pour quoi que ce soit d'autre ? Manuel échangerait Zarzahuriel contre la tutelle de l'État, et ce serait sa mort.

Et pourtant, les garants de la liberté civile ne se décidaient pas à le coffrer. Il avait donc des chances de pouvoir retourner au village de ses désirs les plus chers et de sa mythologie intime. Où l'attendait toutefois un affront clair et catégorique.

L'épisode du coup de hache avait donné aux Mochefèses l'occasion de se présenter. Ayant brisé la glace, ils ne tarderaient pas à rappliquer avec la bouteille de vin de la fraternité. Puis, il faudrait supporter la cohabitation avec eux. Coucou, voisin. Comment va ta jambe ? Coucou, voisin. Tu veux bien ouvrir à une famille super sympa qui va venir chez nous cet après-midi, vu qu'on n'arrive que plus tard ? Coucou, voisin. Viens boire un coup et mets ce bonnet de père Noël, faut bien réveillonner un peu. Coucou, voisin. On aimerait que tu t'occupes des enfants aujourd'hui, nous on veut baiser jusqu'à l'heure du dîner. Coucou, voisin. Quoi, tu veux que mes enfants arrêtent de crier ? Oublie ça. On ne va pas hypothéquer leur développement émotionnel.

En pratique, s'est-il dit en imaginant le cours que prendraient les choses, avoir parlé avec les voisins signifiait de facto accepter de *vivre* avec eux. En s'ouvrant le péroné, il avait ouvert la porte à la bande de zombies. Quelque chose de pire que la maréchaussée. Qui, curieusement, tardait à lui tomber dessus.

Il était vrai que Joaqui ne s'était pas montrée débordante d'empathie en refusant de l'emmener à l'hôpital dans sa voiture. Mais il aurait été mal venu d'exiger davantage de sa part, lui qui avait étendu sur sa maison la grande chape de la calamité avec ses bouillons de poisson, ses tessons de verre et ses bouchons de papier réduit en pâte. Grâce à elle, il avait été soigné correctement et sans trop souffrir. La gratitude l'obligeait à reconsidérer son attitude. Joaqui lui avait mis dans un sac du Lidl des vêtements pour quelques jours, sa brosse à dents, ce genre de choses. Il fallait lui en savoir gré.

Puis il s'est rappelé sa grenade à gazole. Ça faisait seulement trois jours qu'il avait trafiqué la chaudière, mais il lui semblait que ça faisait un an. Quand il se remémorait comment Joaqui lui était venue en aide, il se demandait si, en posant sa bombe, il n'avait pas commis un geste excessif. Manuel songeait à tout désamorcer, par sentiment de fraternité, parce qu'il avait recouvré ses esprits on encore parce qu'il était ramolli par les calmants qu'on lui avait administrés.

Il réfléchissait aux moyens de revenir en arrière. Si l'employée domestique continuait à déposer les clés dans la boîte aux lettres, il pourrait simplement entrer dans la maison un jour ouvrable et remettre les composantes comme elles étaient avant. Mais il était très possible que Joaqui ait interdit à la femme de le faire, maintenant qu'ils avaient comme voisin un inconnu dont les références – celles que j'avais fournies – n'avaient convaincu personne.

Dans ce cas, Manuel devrait démonter son dispositif pendant que la maison serait occupée. Il irait voir Joaqui un samedi et trouverait une astuce qui lui donnerait accès à la salle de la chaudière (« quel est le modèle, donne-t-il un bon rendement ? ») Là, Manuel s'interrompait, incapable de trouver un prétexte pour rester seul devant l'appareil. Il imaginait des dialogues invraisemblables, impossibles. « Tiens, Joaqui, je vais tripoter un peu ton brûleur, je connais un ou deux petits ajustements qui donnent à la fumée une odeur de bois de santal. » De la pure merdouille. Il ne savait pas s'y prendre. Avec un peu de chance, les clés resteraient dans la boîte aux lettres qui, elle, resterait expugnable.

Manuel contemplait par la fenêtre, avec soulagement, l'automne encore peu rigoureux. D'ici l'arrivée du gel, il aurait le temps de faire avorter son rejeton.

Il en était là quand on a frappé à la porte de sa chambre. « La police judiciaire », s'est dit Manuel. Mais c'était Joaqui.

Elle voulait forcément quelque chose, puisqu'elle n'était pas de ceux qui dévient de leur chemin pour saluer un malade. Manuel a passé mentalement en revue les données de celui qu'il était aux yeux de Joaqui, selon mes supercheries téléphoniques. Ils ont échangé quelques mots sur l'évolution de sa blessure, puis le vrai dialogue a commencé.

Manuel avait du mal à articuler ses raisonnements verbaux, après seize mois passés à ne s'entretenir qu'avec moi, et encore à distance. Il ne comptait pas ses discussions avec les étrangers, qui portaient toujours sur des banalités et obéissaient de plus en plus à un patron thématique immuable. Il a fait un effort, tout de même, feignant d'engager une conversation amicale, ouverte, affable. Dans son rôle d'imposteur, il se montrait sympathique et proche des autres, puis, au moment de créer de véritables liens, il reculait. Je l'ai déjà dit, il n'était pas fait pour les relations, malgré le grand désir qu'il en avait eu dans sa jeunesse. Mû par cette inspiration conversationnelle, Manuel a senti le filament qui colonise l'espace interdentaire. Qu'est-ce qu'elle pouvait bien lui vouloir, celle-là ?

Il a dit à Joaqui qu'il avait été étonné de voir des gens à Zarzahuriel un jour de semaine.

« On a cette maison au village, expliqua Joaqui, mais jusque-là on y est peu allés, seulement les week-ends. Notre idée est d'y passer beaucoup plus de temps, la semaine aussi. À Noël, on va faire une grosse fête. »

Dans leur plâtre, les deux bouts du péroné de Manuel se sont désalignés. Joaqui a poursuivi.

« Maintenant qu'on est là, il faut se faire plaisir ! »

Manuel s'est informé de sa famille, comme s'il ne l'avait pas étudiée beaucoup plus à fond que la sienne.

« J'ai plein de petits-enfants. Ils sont très riches et tout, mais je les trouve timides. J'aimerais qu'ils soient plus expansifs, qu'ils s'éclatent un peu, qu'ils ne soient pas si discrets. Je veux commencer à organiser des fêtes pour leurs amis. Ils en ont des tas, des gens nettement plus vivants qu'eux. »

Putain de bande de fous furieux, pensait Manuel, bouche bée.

Elle lui a demandé s'il était marié. Comme je n'avais pas abordé le sujet dans mes fausses notes biographiques, Manuel a décidé de lui dire la vérité pour éviter de se contredire par la suite. Il a répondu que non.

Elle lui a demandé s'il avait des enfants. Encore une fois, il a répondu par la négative, mais je l'imagine se disant : « J'en ai un. Moi-même. »

En écoutant Joaqui, Manuel a compris, à sa grande surprise, qu'elle avait pitié de lui. Il n'avait pas réussi à se marier, à procréer, il semblait avoir peu d'amis. Il sentait ses vaisseaux sanguins péter, un à un.

« On a non seulement le droit, mais aussi l'obligation, d'apprendre à être heureux. »

Ah la vache… Dans quel livre de développement pour les pourceaux avait-elle dégoté une perle pareille ?

Enfin est venu pour elle le moment de se mettre au boulot. En conversant avec moi, puis en recueillant des notes et impressions, Joaqui avait obtenu les données qu'il lui fallait. Elle avait déjà arrêté sa ligne d'attaque. Il ne restait plus qu'à conclure.

« Cette maison dont tu as hérité, tu penses en faire quoi ? »

Joaqui avait gobé les bobards que je lui avais racontés sur Manuel. J'étais plus convaincant que je le croyais. Le problème, c'est que j'avais créé un enchevêtrement de mensonges que l'héritier fictif devrait maintenant démêler.

Manuel s'est débrouillé comme il a pu. Il a dit qu'il voulait la rafistoler un peu, jeter des choses, faire brancher l'électricité. Les trucs qu'on dit, s'imaginait-il, dans de tels cas. Joaqui aimait bien se voir comme une femme d'affaires. Elle a foncé.

« Tu n'as jamais pensé à la louer ? »

Manuel a fait celui qui a mal à son os cassé afin de pouvoir répondre par des borborygmes pas trop compromettants. Joaqui a continué.

« On veut réunir les deux maisons. Habiter la nôtre et convertir la tienne, après l'avoir débarrassée de la crasse, en un établissement touristique. Branché super nature, tu vois, avec des quads en location, du sport d'aventure, des jeux pour les petits. »

Manuel regardait un ongle de son mauvais pied.

« Elle ne te convient pas vraiment. Au début, c'est bien beau, la campagne, les petits oiseaux et tout le tralala. Mais après, si on n'a ni famille, ni enfants, ni amis, c'est un poids mort. Tu vas t'ennuyer à périr, tout seul. Zarzahuriel, sans personne, ça doit être horrible. »

Manuel regardait un ongle de son bon pied.

« Ça t'arrangera aussi de toucher des sous. Je peux me tromper, mais j'ai l'impression que tu ne roules pas sur l'or. Ça te permettrait de souffler un peu. »

Le malade a produit quelques mots sans suite, si vagues que même lui aurait été incapable de s'en souvenir.

« Allez, loue-la-moi. Zarzahuriel est un lieu gris, il faut lui rendre ses belles couleurs. »

Joaqui se posait en détentrice de la clé du vrai bonheur, celui des morveux beuglant entre les accessoires faits pour des ballots de leur espèce, incapables d'ouvrir un store à la main. Elle pensait donner du nerf à un village plongé dans l'ennui néolithique.

Comme Manuel continuait de fixer le drap sans un mot, Joaqui a serré la vis. Avec désormais un soupçon de colère devant le manque d'enthousiasme de son interlocuteur.

« Si tu refuses de nous louer la tienne, on en prendra une autre dans le village. Mais on va ouvrir notre hôtel, coûte que coûte. Profite de l'offre et c'est gagnant-gagnant. Sinon, tu vas perdre au change. »

Joaqui lui disait qu'il devait mettre les bouts, parce qu'il détonnerait dans le nouveau Zarzahuriel. Elle était très sérieuse, avec une détermination irascible qui admettait mal la contradiction. Manuel a fini par se mouiller.

Il a dit oui. Il a prié Joaqui de lui épargner les menaces, elles ne seraient pas nécessaires. Il voyait bien qu'il pouvait toucher un argent dont il avait le plus grand besoin et favoriser un projet de dynamisation qu'il voyait d'un très bon œil. Du miel sur les feuilles sèches. Joaqui s'est dite heureuse de son acceptation. Manuel a eu le dernier mot.

« Je trouve la proposition très intéressante, chère amie. Une manière idéale de *se faire plaisir*. »

24

En le voyant rappliquer chez moi, à Madrid, j'ai compris qu'il avait décidé de laisser la bombe où elle était. Qu'on le recherche pour l'affaire du vestibule ou non.

Manuel était venu attendre, pendant que le climat se ratatinait, refroidissait. Le détonateur était en place, il suffisait de laisser le temps (chronologique et climatologique) faire son œuvre. Plus il serait loin de Zarzahuriel à l'heure du bûcher, moins on le soupçonnerait.

Il a pris deux autocars, de T. jusqu'à la capitale de province, puis de là jusqu'à Madrid. Il a payé avec les billets de banque que je lui avais donnés et ceux qu'il avait en poche le jour où il a quitté ce monde, et auxquels il n'avait jamais touché. Il avait l'air d'un misérable, traînant sa patte encore dans le plâtre, appuyé sur des béquilles, avec ses vêtements brunâtres et ses cheveux mal coupés. À deux des trois arrêts, on a contrôlé son identité. Sans le savoir, les agents lui offraient gratuitement un improbable service d'information pour les accusés. À chaque fois, le contrôle s'est révélé négatif. On ne l'a ni intimé ni saisi.

Je ne l'avais pas vu depuis quatre fois quatre mois. Chiasse lacrymale torrentielle, voilà ce que j'ai vécu. Il n'était pas maigre. Ou s'il l'était, ce n'était pas parce qu'il mangeait des horreurs, mais parce que les derniers mois l'avaient miné. Il s'est installé dans la petite chambre du fond de mon appart, celle où on avait ourdi ses projets de fuite.

Après trois ou quatre jours d'exposition publique, à la vue de tous et sans qu'un officiel quelconque vienne lui demander des comptes, il a bien vu qu'on ne semblait pas le pourchasser pour l'affaire du vestibule. Mais il voulait en avoir le cœur net.

Un jour, il s'est rendu dans un ministère. Il s'est inscrit à l'accueil, a parcouru un couloir avant de ressortir. Un autre jour, il est entré dans une banque avec sa carte d'identité dans la bouche ou presque, et a fait semblant de s'intéresser à un régime de rentes (autant qu'à sa première chemise, oui).

On ne l'a pas inquiété. Dans les deux cas, il avait utilisé son nom et ses papiers réels et il ne s'était rien passé, ni sur place ni les jours suivants. Il faudrait attendre mai 2017 pour découvrir ce qui était arrivé après le jour du vestibule.

Pendant que Manuel était à Madrid, Joaqui l'a appelé plusieurs fois. Il lui avait filé son vrai numéro en gage de bonne foi dans cette histoire de location. Elle le poussait à donner suite. Manuel répondait que oui, certes, il avait bien besoin de l'argent du loyer. Ils se rencontreraient dès qu'il rentrerait de sa convalescence sur les terres d'un ami de Pola de Siero, dans les Asturies. Qu'elle le croie très loin de la maison qui allait flamber.

De temps en temps, qu'y puis-je, je m'amusais à penser à la maison bleue devenue la proie les flammes. Puis je reculais, scandalisé par mes propres propensions. Mais dès que je me laissais un peu aller, les images agréables revenaient.

« Le péché renferme déjà la pénitence », avait appris Manuel. Ceux-là devaient recevoir la leur. On ne pouvait pas les laisser s'en sortir si facilement. C'est Manuel qui agirait, à la vitesse de l'éclair. S'il se relâchait, les Mochefèses seraient en droit de déposer une réclamation contre le voisin qui avait négligé de leur inculquer un principe universel.

Pour le reste, son séjour à Madrid a été pour lui un supplice. Au début, il avait pensé se goinfrer de pain frais et de pâtisseries du jour, de tous ces produits de la farine cuite au four qu'il mangeait desséchés depuis des mois. Sous prétexte d'aller en chercher, il se promènerait un peu pour voir où en était la ville.

Au premier petit contretemps, il a été envahi par une agoraphobie tellement épouvantable que, mesurée en degrés, elle aurait atteint les quarante-deux. Il a été la proie d'un engrenage mental sans doute bien connu des psychiatres du divan. Partout où il allait, il voyait des visages malveillants. Je crois que c'est lui qui avait ce visage en lui et que par un mouvement de réciprocité, il le foutait en rogne chez les autres. Des détails sans importance de la vie de tous les jours, comme l'absence de « merci » dans la bouche du piéton qu'il avait laissé passer devant lui, ou la mine renfrognée du pâtissier d'en bas de chez moi, dont la tronche amère ne reflétait en rien la douceur de ses recettes, lui semblaient autant d'affronts et de provocations qui méritaient qu'il fasse la gueule pendant des heures.

Ces désagréments le tuaient. Ils lui faisaient monter des haut-le-cœur dans le gosier et descendre de la gaucherie dans les pieds, lui qui avançait en chancelant sur les trottoirs de la ville. Il s'est barricadé chez moi, et c'est moi qui lui apportais ce dont il avait besoin. J'ai été son fournisseur au ciel comme sur la terre, son donneur de pain de ce jour et du lendemain. Tout ça pour lui faire éviter les gens, devenus à ses yeux tigres du Bengale, fléchettes volantes ou virus de la varicelle. À la vue des passants, Manuel devait souvent reconnaître des usages dignes des Mochefèses.

En somme, la rue était une salade de ressentiments que Manuel n'était plus disposé à croquer. Pas la peine, d'ailleurs, puisqu'il ne voulait que retourner dans sa cellule. Je résume : Manuel n'était plus là pour personne. Manuel n'était *déjà plus là*.

Si on a cinq degrés à Madrid, il fait zéro (ou un peu moins) à Zarzahuriel. Et le vendredi, au zéro correspondrait une chaleur notable dans la maison de Joaqui. Vers le solstice d'hiver, nous avons eu trois degrés dans la capitale. Le lendemain, le thermomètre a encore baissé légèrement.

25

Le lundi, Joaqui a appelé Manuel. « Notre maison a été rasée par les flammes », a-t-elle annoncé.

Un tiers de la résidence, celui qui touchait la maison de Manuel, avait subi de légers dommages. Le tiers central avait été torréfié. Et l'autre, celui qui était le plus éloigné de chez Manuel, n'était plus bon qu'à être démoli et reconstruit.

Manuel avait vu juste. Après avoir craché du liquide pendant tout l'automne, le réservoir devait être bien entamé. L'incendie n'était pas de taille à ravager toute la région. Il s'est gentiment confiné à l'enceinte qu'on lui avait attribué, plus ou moins.

La fumée se voyait à plusieurs kilomètres, et quelqu'un l'avait remarquée et avait donné l'alarme. Les pompiers de la capitale provinciale se sont présentés sur les lieux du sinistre et ont fait leur travail. Ils n'ont pas pu empêcher les flammes de noircir le parement de la maison de Manuel. Mais ce n'est pas le genre de perte qui vous pousse à sauter du haut d'un gratte-ciel de Wall Street.

Obéissant à la planification de Manuel, le feu n'avait surpris personne à la maison.

Manuel aurait donné un œil pour savoir où Joaqui se trouvait au moment d'activer son application et de tout foutre en l'air. Dans quelle chaîne d'hôtels, dans quelle maison de prêt-à-porter, dans la queue de quel spectacle pour nuls ou dans quel établissement d'arnaques de consommation avait-elle dégainé son index pour le poser sur la surface cristalline de son écran ? Manuel a tout raté, bien sûr.

Les Mochefèses tenaient à ce que la maison soit toujours bien chaude. Frileux comme ils l'étaient, ils ne devaient pas se plaindre. L'incendie, de surcroît, leur donnerait un sujet de réflexion, une saine variante par rapport à leur routine braillarde, technologique, cosmétique, pédagogique, familiale et sportive.

Voir brûler les déioniseurs d'eau, les stupéfiants légaux de la parapharmacie, les perches à selfie, c'était comment ? On peut imaginer que les livres de développement personnel ont personnellement développé les flammes. Les mêmes qui ont été nourries par l'alcool des serviettes humides. Et le porte-papier de la salle de bains a dû être déconcerté de se voir soumis à une chaleur externe.

Quel embrasement ! Les composantes de l'attaque télécommandée de Manuel, ses coups de magie à éclosion lente : les couches d'œufs pourris, les Austral bouchant les canalisations, les abats dissimulés. Ils n'ennuieraient plus personne.

De retour de cieux plus cléments, les hirondelles privées de leur nid se tordraient de rire en s'en construisant un neuf dans un lieu où il y avait moins de sinistres.

Personne n'a signalé l'implication volontaire ou involontaire de Manuel. Il avait bien monté son Ebola de combustion. L'expertise de la compagnie d'assurances a confirmé que l'incendie avait pris naissance chez Joaqui, dans la salle de la chaudière. C'était un endroit très éloigné de la maison de Manuel, ce qui écartait la possibilité qu'il soit tenu responsable. Qui plus est, l'unique habitant de Zarzahuriel était handicapé et, de surcroît, en Asturies.

Les allumettes et le tube de plastique de la colle pour souris auraient pu l'incriminer, mais il n'en restait sans doute pas la moindre trace : ils avaient dû brûler plus longtemps et avec plus d'intensité que le reste.

Les experts ont conclu que l'origine du feu était l'application qui permettait à Joaqui de faire démarrer le chauffage à distance. Rejeter la faute sur les gadgets est toujours un bon moyen de se défouler.

La preuve définitive qu'on ne s'est jamais méfié de Manuel est venue quand Joaqui l'a supplié de lui pardonner de ne pouvoir donner suite à sa proposition de louer sa maison pour son établissement touristique. Elle était très gênée d'avoir créé chez lui des attentes économiques désormais contrariées. Aux yeux de tous, l'accident causait à Manuel de graves préjudices. Avec la ruine de la maison mère, il perdait les rentrées imminentes qui avaient déjà fait l'objet d'une entente verbale. Dommage.

Joaqui était sincèrement affectée. Méconnaissable. Elle répétait à Manuel que c'était elle la responsable, qu'ils étaient des misérables. Ils causaient sans cesse des incidents, les choses se brisaient entre leurs mains, ils oubliaient les clés à l'intérieur, ils criaient tout le temps comme s'ils étaient nerveux, et alors ils n'arrivaient à rien. Elle avait senti qu'un malheur allait leur tomber dessus, parce qu'ils se comportaient comme des chevreaux sans queue ni tête.

À la grande stupéfaction de Manuel, Joaqui était en train de se renier et de renier toute sa bande, allant jusqu'à se demander s'ils ne devraient pas s'éveiller un peu après tant de télé poubelle et de mochefèsme. Elle n'a pas employé ce mot, de nature privée et secrète. Mais elle commençait à assimiler le concept, sans se douter que Manuel lui avait donné un nom. Bref, tout indiquait que les Mochefèses avaient tiré un certain bénéfice moral de l'incendie dont leur laxisme avait été la cause, puisqu'il leur avait révélé leur abondante *nullitude*. Merde, cette histoire de flammes dévorant leur maison leur a même fait du bien.

Imbue de ses lectures initiatiques, Joaqui a affirmé qu'elle soupçonnait la maison d'être maudite. Elle a raconté que parfois, à leur arrivée le vendredi, une odeur horrible de viande morte régnait à l'intérieur, ou que l'eau goûtait la terre, ou que des insectes avaient envahi la cuisine. Un jour, un des gamins avait failli tomber du haut du balcon. Les vis de la rampe où il s'était appuyé étaient peu serrées et le petit était passé à un cheveu de plonger dans le vide, toujours accroché à la main de Joaqui.

Ils allaient quitter Zarzahuriel. La Mochefèse foutait le camp. Mais ce que Joaqui a raconté ensuite a laissé Manuel sans voix.

Elle s'est plainte que, comble de malheur, l'agence immobilière allait la poursuivre en justice pour négligence, dommages et toutes ces histoires punitives qui vous tombent dessus quand on vous accuse de bousillage. « L'agence immobilière », avait-elle dit. Manuel et moi ne nous étions jamais demandé si la maison bleue appartenait à Joaqui ou si elle la louait à une agence. Manuel a discrètement posé la question.

La seconde option était la bonne, ou plutôt la mauvaise. Joaqui louait la maison, propriété d'une agence immobilière de Madrid. Celle où travaillait le type en complet qui accompagnait la reine mochefèse lors de sa première apparition à Zarzahuriel, un vendredi d'été fondateur.

Le ciel est tombé ainsi sur la tête de Manuel. Joaqui s'en allait, génial. Mais après son départ, la maison bleue ne quitterait pas le marché domiciliaire. Tôt ou tard, on la reconstruirait, et elle apparaîtrait de nouveau dans les catalogues. D'autres Joaqui viendraient avec le même margouillis et les mêmes merdouilles. Ce serait les mêmes tracas pour Manuel et ses projets de réclusion. Il n'avait rien accompli en mettant le feu à la baraque.

Joaqui lui a dit au revoir en regrettant de ne pas avoir pu faire plus ample connaissance. Puis Manuel m'a raconté toute la rencontre par le menu, avant de se réfugier dans les w.c. pour ruminer sa douleur.

Une demi-heure plus tard, une lumière s'est allumée dans ma tête. J'ai trouvé l'agence immobilière en tapant « locations Zarzahuriel » dans le moteur de recherche. Il y avait une seule référence. Une, c'était déjà beaucoup, en l'occurrence.

J'ai appelé pour m'informer du prix de la maison bleue, que j'avais envie de louer. À l'agence, on se demandait justement quoi en faire, m'a-t-on dit, étant donné un incident récent. Elle était « un peu noircie ». J'ai dit que j'étais au courant, que j'arrivais de Zarzahuriel : j'étais tombé sur l'endroit par hasard et j'avais eu un coup de foudre. J'avais entendu dire dans le coin que la maison était à louer. Je cherchais justement une maison à rafraîchir, vu que j'étais apprenti maçon, à condition évidemment qu'on me fasse un bon prix. À mesure que les travaux avanceraient, on pourrait commencer à hausser le loyer.

Je sentais la jubilation des types, même sans les voir. Ils trouvaient une solution pour une baraque dont personne ne voulait, avec en prime quelqu'un pour la retaper. Nous sommes convenus d'un montant mensuel quasi symbolique, si raisonnable que même moi je pouvais l'assumer en arrêtant de fumer. J'ai échangé des cendres contre d'autres cendres, en fin de compte.

Bien sûr, j'ai pris la maison sans avoir la moindre intention de la restaurer. Je n'ai jamais bougé le petit doigt pour l'arranger. Je n'aurais pas pu, du reste. Comme si j'avais eu de quoi me payer le ciment, les carreaux, les plinthes et toutes ces autres choses dont j'ignore jusqu'au nom et qui soutiennent les maisons. Jamais je n'allais la réparer, cette cabane. Je ne l'avais pas louée pour mes propres fins. Éviter que d'autres clients aillent emmerder Manuel, tenir à distance des Mochefèses de remplacement, c'était plus qu'assez, à mes yeux.

Avant de conclure le marché, et pour tâter le terrain, j'ai demandé aux types s'ils savaient quelque chose d'un tondeur de moutons d'environ soixante-dix ans qui, selon des gens du coin, vivait à Zarzahuriel. Ils m'ont répondu n'en avoir jamais entendu parler. Pour ce qu'ils en savaient, l'endroit, où ils ne mettaient jamais les pieds, était complètement abandonné depuis des lustres. J'ai donc eu l'assurance que les gens de l'agence n'avaient pas eu vent de l'existence de Manuel.

Nous avons signé le contrat à Madrid, où l'agence et moi avions nos sièges respectifs. J'ai eu l'impression qu'ils pleuraient, émus par une transaction qui renouvelait leur foi en la maxime commerciale voulant qu'il n'existe pas de produits invendables, seulement des vendeurs démotivés. Ils ont dû faire monter en grade celui qui s'était chargé de l'affaire. Il faisait figure de titan capable de vous refiler une maison qui avait davantage l'air d'une de ces silhouettes en carton-pâte qu'on fait cramer dans les fêtes religieuses que d'un lieu de tranquillité et de repos.

Pour éviter les éventuelles déceptions, je n'ai raconté mon bon coup à Manuel qu'une fois le tout bouclé. Il a eu une agréable crise de nerfs, ayant passé plusieurs jours d'incertitude grinçante, plongé dans l'expectative chairdepoulesque d'un renouvellement de la population. Il a été plus reconnaissant du geste qu'il l'aurait été du don d'un bout de moelle osseuse. Ses remerciements étaient très gratifiants.

Manuel avait catapulté les Mochefèses hors de sa vue. Ce qui est curieux, c'est le plaisir que je prends encore à y penser, à me rappeler l'image de la catapulte. J'exulte en les imaginant voler dans les airs. Je vois deux ou trois douzaines d'êtres, lancés avec une bonne partie de leurs objets personnels dans un petit nuage de corps et de biens. Projetés par l'impulsion abrupte de l'engin dans un trajet parabolique en décélération uniforme, ils se font de plus en plus petits à mesure que leurs cris s'estompent. Imaginez comment ces gens, qui criaient tout le temps, réagiraient à un tel traitement. Le beuglement est inimaginable. Mais l'audiodynamique et l'effet Doppler viennent à notre secours, et les décibels lancinants disparaissent, en quête de nouveaux terrains d'exercice. Puis les Mochefèses retombent dans une zone boisée, et à cause de la perspective, ils sont désormais cachés à notre vue. La vérité, c'est qu'ils étaient de véritables anorexiques de la caboche, avec zéro palliatif et une vocation inébranlable.

Avec le recul, je réfléchissais à cet homme qui créchait chez moi, quand je le voyais, par exemple, plier et replier l'étiquette du sachet de thé, absorbé, dos à la fenêtre, sans se rendre compte que j'étais là. Il avait donné l'estocade deux fois. La première, contre l'anti-émeutier. Attaque non préméditée, dans ce cas. La seconde, contre La Mochefèse, ourdie avec soin. Si quelqu'un s'avisait de faire un graphique, Manuel était passé d'une impulsion irraisonnée à une volonté réfléchie. Il maîtrisait mieux qu'avant les choses qui lui tombaient dessus. Belle progression.

Un samedi, sa mère, mon ex-belle-sœur, m'a téléphoné. C'était la dernière personne dont je m'attendais à recevoir un appel. Elle cherchait Manuel parce que, sans nouvelles de lui depuis longtemps, elle voulait lui souhaiter un bon anniversaire le lendemain, ce qui lui arrivait parfois. Elle comptait sur moi pour lui dire où il se trouvait. Pour m'en débarrasser, pour en débarrasser Manuel, j'ai répondu que mon neveu et moi étions brouillés, que c'était un petit con patenté et que je n'avais pas la moindre idée de l'endroit où il était passé. Nous nous sommes dit au revoir et elle a raccroché. Manuel avait fêté son anniversaire onze jours plus tôt.

Comme la nature s'est gourée dans le jeu des filiations. J'aime bien penser qu'on modifiait la page du registre civil biologique à mesure que je devenais le vrai géniteur de Manuel. Manière de corriger une erreur génétique grave, mais au bout du compte réversible.

* * *

Son péroné a fini par se ressouder. On lui a enlevé le plâtre à Madrid. Avec sa patte toute neuve, rien ne l'obligeait à rester là où il ne voulait pas être. Il devait rentrer.

Il n'avait toujours pas de voiture et n'avait ni l'envie ni les moyens de s'en offrir une. Il a pris un autocar jusqu'à la capitale provinciale, d'où il a gagné Zarzahuriel à pied. Il y a mis trois jours avec les deux nuits au milieu que ça suppose, de merveilleuses vacances qui lui ont permis de faire plus ample connaissance avec sa région d'accueil. Il a dormi dans deux des nombreuses constructions abandonnées qui parsèment le territoire tout aussi abandonné. Il a acheté du pain et du chorizo dans les rares magasins aux rayonnages dégarnis qui restent dans les villages.

Il est rentré dans Zarzahuriel libéré et a foncé chez lui. Il a embrassé les murs et jusqu'aux carreaux du sol, tant il avait envie de les recevoir à l'intérieur de son être. Il a embrassé la hotte de la cheminée et jusqu'au couvre-lit crocheté qui donnait envie de rendre tripes et boyaux.

26

En mai 2017, à titre de présumé spécialiste des ressources humaines, j'ai été invité à donner une conférence au Complexe policier du quartier de Moratalaz. Après, on nous a offert un de ces verres dits de l'amitié.

On m'a présenté à un commissaire. Me rapprochant de lui, comme d'humeur amicale, je lui ai soutiré le nom de son bled d'origine. J'ai eu beau me creuser la nénette à la recherche de données et d'images mentales, je ne savais rien de Villanueva de la Serena, dans la province de Badajoz. Sacrée coïncidence, lui ai-je dit, je venais de Cáceres, ville que j'avais visitée trois étés plus tôt et dont je gardais un souvenir un peu moins flou. On a trinqué à la terre d'Estrémadure, et la confiance s'est installée.

J'ai feint de me rappeler que ma fille, une fille que je me suis inventée sur le coup, avait fréquenté, au lycée, un garçon entré dans la police nationale. Plus tard, alors qu'ils étaient déjà séparés, on lui a dit qu'il avait été victime d'un grave incident, rue Montera. Elle tenait à savoir ce qui lui était arrivé : c'était un type bien, qu'elle avait profondément aimé. Elle avait tenté de le joindre à un numéro vieux de plusieurs années. Il avait dû en changer, car il n'a pas répondu. C'est du moins ce qu'elle espérait, mais des suppositions plus sombres la tourmentaient.

Le type de Badajoz a répondu que ça lui disait quelque chose, cette histoire, qu'il se renseignerait et qu'il me rappellerait dans un jour ou deux. Il a tenu parole.

« On lui a fait un trou dans la gorge. Sale blessure. Mais heureusement, il y avait des collègues pas loin. Un mois plus tard, il était complètement remis. »

Voilà déjà une grande nouvelle : Manuel n'avait tué personne. J'ai poursuivi.

« On n'a pas recherché le salaud qui lui a fait le coup ?

– Bien sûr que si. En voyant une caméra vidéo dans ce vestibule, les agents qu'on avait mis sur l'affaire étaient au septième ciel. Ils ont foncé chez le propriétaire. »

On parlait du type qui avait demandé un rabais à l'hôtel pour cause d'heure avancée.

« Sans résultat. Ces histoires de protection des locataires, pour l'énergumène en question, s'appliquaient peut-être sur d'autres planètes, mais pas chez lui. La télé en circuit fermé faisait trop grimper ses factures d'électricité, a-t-il dit, et elle ne fonctionnait plus depuis des années. Pas d'enregistrement des faits, donc. »

Et voilà pour le radin. Je suis sûr qu'un tel amoureux des chiffres a eu gain de cause à l'hôtel. Pour en revenir au cas de Manuel, jamais l'indifférence envers la sécurité des voisins en général n'a autant favorisé la sécurité d'un voisin en particulier.

« La vidéo, c'était une cassette VHS d'un match de la Coupe du monde. Corée-Japon. »

J'avais encore des questions.

« Mais les caméras de la rue ont dû donner des pistes.

– C'est vrai. On a récupéré plusieurs prises d'un type qui quittait le vestibule à l'heure de l'incident. Mais on ne voyait pas son visage : il était sorti avec un parapluie ouvert qui lui cachait la tête. Et penser que ça porte malheur d'ouvrir un parapluie à l'intérieur... Enfin. Et il portait un jean, comme tout le monde, ce qui n'a pas facilité l'identification.

– Mais quelqu'un a dû le filmer avec son téléphone.

– Exactement ce que les agents se sont dit. On a demandé la collaboration des citoyens, mais rien. Depuis qu'il est interdit d'enregistrer les policiers, personne ne sort son portable dans une manif, de peur de se le faire confisquer. C'est au corps policier que la maudite loi a fait le plus de tort. »

Le commissaire a poursuivi. « On a pu établir que le type a pris un taxi dans la Gran Vía. On a retrouvé le chauffeur grâce à la plaque d'immatriculation. Il a dit avoir déposé un type dans Torre Arias vers la même heure. Et là, on a perdu la piste. Dans ce coin, il y a très peu de caméras dans les rues. Et comme il pleuvait à verse, on ne voyait que des parapluies avec des jambes qui dépassaient. Tout le monde en jean, en plus. »

La police n'avait pas le visage de Manuel. Ses jambes, ses baskets, son parapluie noir, oui. Mais pour ce qu'ils pouvaient en faire... Il restait tout de même un témoin de première main.

« Mais le policer a vu son agresseur. S'il était sur pied un mois plus tard, il pouvait le reconnaître. »

Je tenais à dissiper tous mes doutes. Ayant vu Manuel à quelques centimètres de lui, le type devait avoir son visage gravé dans son esprit. Même si Manuel n'avait pas été filmé, on pouvait le repérer grâce à la reconnaissance faciale.

« En effet, a dit mon interlocuteur. Une fois rétabli, l'uniformé est allé voir le propriétaire de l'édifice de la rue Montera en compagnie d'un sous-inspecteur et de deux fonctionnaires. Ils l'ont interrogé pour voir si l'auteur de l'agression y vivait. »

Mon confident m'a raconté que l'anti-émeutier n'était pas très *mémorieux* et que c'était un orateur assez médiocre. Il a décrit le suspect comme il a pu. Et le proprio a insisté pour dire que personne, là-dedans, ne répondait à ce portrait. Chez lui, il n'y avait que des vieux, ou des femmes, ou des hommes de très grande taille. On aurait juré que le type cherchait à se débarrasser au plus vite de ses visiteurs.

« Depuis le début, les agents trouvaient que ce type n'était pas net. Ils ont fini par en avoir plein le cul et ils ont exigé qu'il produise les baux et la photocopie de la carte d'identité de tous les locataires, pour que le blessé puisse identifier son agresseur. »

Là, j'ai eu chaud. Manuel avait insisté pour remettre sa carte au proprio à son arrivée.

« Le type n'avait pas un seul papier. Rien. Il se faisait payer au noir pour ne pas déclarer ses revenus et il ne voulait pas garder de preuves de ses petits tours de passe-passe avec le fisc. Chaque fois qu'un locataire nouveau lui présentait une photocopie, il allait au sous-sol et la déchirait pour éviter de laisser des traces. Il brûlait les papiers pour cacher ses machinations dingues. »

Il avait tout jeté. La carte d'identité de Manuel, qui avait déployé tant d'efforts pour la lui faire accepter, avait disparu avec le reste. Les combines du propriétaire avaient joué en sa faveur.

« Le pauvre sous-doué a tout de même fait un effort désespéré. Croyez-le ou non, il a juré qu'il n'avait les données de personne parce que sa maison se fondait sur "l'économie collaborative" ; chez lui, le montant du loyer était à la discrétion des locataires. »

Manuel pouvait respirer. La turpitude documentaire de son proprio et les folies du marché résidentiel lui avaient sauvé la mise. Drôle d'ironie pour lui, qui avait simplement essayé de faire correctement les choses. Et bien lui en avait pris. Le commissaire a poursuivi.

« On a signalé au fisc les affaires douteuses du type. Après, je ne sais pas ce qui lui est arrivé. Mais on n'a pas trouvé d'indices pour nous aider à résoudre l'affaire du vestibule. »

Sans le vouloir, Manuel avait coulé son propriétaire. Il allait se tordre de rire.

Malgré tout, l'anti-émeutier n'a pas baissé les bras. Puisqu'il n'y avait rien à tirer du proprio, il a interrogé les voisins. Il était déchaîné. « On aurait dit un père qui cherche son enfant perdu dans une foire », a dit le commissaire. Durant l'un de ses interrogatoires improvisés, le type avait projeté un locataire contre les boîtes à lettres, son sport préféré dans la rue Montera.

Mais personne ne se rappelait la tronche de Manuel. Au-delà du fait qu'il avait passé très peu de temps dans son logement du centre de Madrid, rêve de jeunesse éphémère, son incapacité à forger des liens avec ses semblables (problématique alors à ses yeux, à présent tout le contraire) avait permis qu'aucun bienheureux ne soit en mesure de donner la moindre information à son sujet. Je me suis rappelé les mots de Manuel lorsque nous avions joué à quoi demander au génie de la lampe : « Je me sens déjà invisible… »

Sans photo de son visage ni nom, la police n'a pas pu remonter jusqu'à la boîte de téléopérateurs, qui devait bien conserver dans ses dossiers une copie de la carte d'identité de Manuel. À l'époque, nous étions inquiets à l'idée que le coordonnateur de la boîte ait pu dénoncer l'employé pour son absentéisme subit et mettre les forces de l'ordre sur sa piste. Nous avions péché par excès de naïveté. Le type n'avait prévenu personne.

Il s'est dit, j'imagine, que ledit employé lui avait fait cadeau de trois semaines de travail, Manuel n'ayant même pas touché sa première paie avant d'abandonner l'entreprise. Il a dû appeler illico l'un des milliers de chômeurs qui attendaient d'occuper n'importe quel poste. Tant mieux, s'est sans doute dit le patron, le déserteur était un drôle d'oiseau qui commençait à piger le fonctionnement réel de la boîte : multiplier les dérobades jusqu'à décourager les clients escroqués. Pourquoi courir après un type alors qu'on était mieux sans lui ?

Le commissaire parlait toujours.

« À vrai dire, personne n'a fait preuve de beaucoup de zèle dans cette affaire. »

Celle-là, je ne la comprenais pas.

« Les collègues du type en avaient plein les couilles de lui. Ils disaient qu'il prétendait être super réglo et honnête. Mais que la seule chose droite chez lui, c'était le petit bout entre la fin du côlon et le début de l'anus. On disait de lui que c'était un dégueulasse. »

Ce n'était pas exactement le portrait d'un homme admiré.

« On a fait plein de blagues après Montera. Si on l'avait attaqué avec un tournevis, c'était parce que ses vis étaient en forme d'étoile et qu'on avait voulu les travailler avec un outil à tête plate, des choses comme ça. Pas mal de ses collègues ont trouvé très bien qu'un Madrilène anonyme le remette à sa place. Personne ne s'est tué à la tâche pour mettre la main au collet du coupable. »

Il est triste de se faire avoir par ses compagnons de travail. Moi, ça ne m'est pas arrivé très souvent. Il faut dire qu'on ne m'a pas souvent donné du travail.

« En plus, on a mis fin à l'enquête peu après. »

Je ne comprenais pas. L'autre a poursuivi sur sa lancée.

« Un autre policier a fini par tuer la victime de la rue Montera. Un que les collègues aimaient bien et qui n'en pouvait plus de voir ce poseur taper sur les gens dans les manifs et un peu partout. »

L'anti-émeutier, à ce qu'il paraît, s'est battu avec un compagnon d'armes. L'autre l'a achevé d'un coup de couteau au cours d'une rixe. Le tueur était un type qui affrontait de vrais malfrats au lieu de s'en prendre à des jeunots de vingt ans armés d'une amulette. Un de ceux qui font un vrai boulot (chasser les mafieux et les maquereaux, apparemment) et savent mordre les bons talons. Le commissaire a affirmé que l'anti-émeutier l'avait cherché comme un joueur invétéré cherche la ruine, et le buveur de whisky, l'ulcère. « C'était un terroriste de lui-même », a opiné le type de Badajoz. En d'autres mots, il m'a dit à peu près ceci : c'est souvent l'individu qui se condamne lui-même, avec son statut juridique particulier, législativement et judiciairement *inapréhensible*.

J'avais bien compris l'article dans la presse numérique de mars 2016 sur la mort d'un policier de Madrid. C'était bien lui. La différence, c'était la main qui avait brandi l'arme.

« Après son décès, on a classé l'affaire du vestibule. Pas parce que la victime de l'attaque n'était plus de ce monde, mais parce que remuer cette affaire aurait attiré l'attention sur le meurtre d'un membre du corps policier par un autre. Ça nous faisait très mal paraître. La nouvelle a été publiée dans la presse, mais on l'a rapidement fait supprimer.

– Je comprends très bien.

– Ne répétez pas cette partie-là. Ce n'est pas très glorieux. Je vous en ai parlé parce qu'on vient du même coin de pays, mais gardez-le pour vous.

– Ne vous en faites pas. Entre Estrémaduriens, un secret c'est un secret.

– Surtout, ne dites rien à votre fille. Pas la peine de l'ennuyer avec ça. Parce qu'on voit qu'elle l'a vraiment aimé, ce policier. »

* * *

Comme tant d'autres fois, je me suis empressé d'appeler Manuel pour lui raconter les dernières nouvelles. La caméra du vestibule n'avait jamais fonctionné, le propriétaire nous avait couverts sans le faire exprès, la police n'était jamais remontée jusqu'à son emploi de télé-arnaque. Officiellement, donc, il n'avait rien à craindre. Chose qu'il savait déjà, lui qui était passé, désarmé, par un hôpital, trois gares d'autocars, une banque et ma rue. Mais là, on pouvait parler d'une amnistie irréfutable.

Je l'ai informé que les dommages qu'il avait infligés au policier n'étaient pas bien graves et qu'un mois plus tard, le type avait repris sa vie normale. J'ai été surpris de voir combien cette nouvelle le réjouissait, beaucoup plus que l'autre. Il semblait très inquiet à l'idée d'avoir fait du tort à l'homme. Celui-ci avait tout de même, ai-je fait valoir, voulu lui péter la clavicule uniquement parce qu'il s'était trouvé dans le vestibule de son édifice durant ses heures libres. Mais Manuel voyait les choses autrement.

Pour lui, le policier était un archange, rien de moins. « De quoi tu parles ? » lui ai-je demandé. Il m'a répondu que sans ce type, lui-même n'aurait pas changé de vie. Que l'agent avait été un catalyseur. Manuel avait trouvé la belle vie à Zarzahuriel, comme on peut rencontrer son conjoint idéal dans un bal en plein air, et il n'aurait pas eu la conscience tranquille s'il pensait avoir fait du mal à l'anti-émeutier, sa Celestina, l'entremetteuse qui lui avait fait découvrir l'amour définitif.

Manuel a ajouté que le tournevis qu'il traînait partout depuis qu'il était tout petit, son amulette, avait été son talisman. Mais il y en avait eu un autre : le policier lui-même. Manuel avait transporté l'outil partout avec lui sans que sa vie change pour le mieux. Il avait fallu le concours du deuxième talisman pour activer l'électrolyse. Le policier a été l'artisan de sa tranquillité. Et Manuel lui en était reconnaissant.

Il était saisi en pensant qu'il avait été tiré d'affaire par le pétrin dans lequel il s'était trouvé. Au départ, l'histoire du vestibule était une bourde moche comme tout. Mais cette bourde avait fini par l'affranchir de son trou de la rue Montera, du travail louche qui consistait à raconter des salades à des clients qu'on volait. De ses parents, des projets de mariage mort-nés, du désir de faire partie d'une joyeuse bande de copains, alors même que l'expression « joyeuse bande de copains » l'horripilait, même s'il ne le savait pas encore.

Tout cela figurait déjà de manière théorique dans le décalogue de principes que Manuel s'était donné, adolescent : un problème ne peut être considéré comme résolu que lorsque la situation est devenue *préférable* (et non *identique*) à celle qui régnait avant son apparition. Or on ne pouvait demander de meilleure illustration de cette maxime que l'histoire du vestibule et de Zarzahuriel. L'anti-émeutier avait été le déclencheur. Manuel ne pouvait que l'aimer.

Il a ajouté avoir souhaité de tout cœur que la ponction n'ait pas causé de dégâts considérables, puisqu'il n'aurait jamais pu se pardonner d'avoir porté préjudice à son bienfaiteur. Ici, je me suis senti l'obligation de lui raconter la suite de l'histoire. Malgré tout, le policier avait été assassiné.

La nouvelle l'a bouleversé. Il est resté silencieux. Au cours de la nuit suivante, selon ce qu'il me raconterait le lendemain, il a planté son tournevis dans la terre près de la vigne. Il l'a arrosé, j'ignore pourquoi. « Repose dans la paix que tu as apportée », a-t-il dit à l'intention de l'air ambiant, et ce soir-là, en guise d'hommage et d'adieux, il a mangé deux poires au lieu d'une seule.

27

Banni, Manuel est enfin devenu celui qu'on gracie et qu'on autorise à revenir d'exil. Et qui répond que non : il n'en a plus envie, il préfère rester où il est.

J'ai obtenu de l'agence immobilière le maintien de l'électricité et du service Internet, arguant que j'en avais besoin pour rénover la *calcinerie* qu'on me louait. Manuel, l'ingénieur, a transféré les deux services chez lui. L'arrivée des kilowatts lui a fait l'effet d'avoir une installation hydroélectrique sous son toit, mais peu de temps après, il utilisait le même chiche flux d'électricité qu'autrefois.

Avec l'accès aux deux réseaux, plus une tablette et un téléphone (localisable, cette fois), Manuel a trouvé un vaste terrain pour ses jeux mentaux (des milliers de livres à lire, par exemple). Et aussi un pâturage plus généreux pour sa maigre pitance. Sa personne libérée de la clandestinité et du déshonneur de la vie de fugitif, il avait beaucoup plus de facilité à obtenir de petites rentrées, un mince filet de centimes.

Ainsi fit-il. Manuel a continué à deviser avec les étrangers. Il lui restait une bonne partie du fonds général, ce modique pécule qu'il avait amassé à Madrid pour se louer une armoire semi-habitable. Mais il était en train de le grignoter peu à peu. Il a découvert une nouvelle source de revenus quand un jour, au cours d'une conversation en espagnol avec un de ses étudiants, il s'est mis à lui parler l'anglais qu'il avait appris à la radio. Cet homme travaillait dans une société de chimie ou quelque chose du genre, paraît-il, à Bristol.

Au fil des conversations, et par l'intermédiaire de l'étudiant, Manuel a commencé à traduire des textes vers l'espagnol pour le compte d'une société pharmaceutique, un travail sporadique qui lui évitait tout contact direct avec ses semblables (à peine s'il en avait de très indirects). Une activité qu'il pratiquait, comme toutes les autres, obsessionnellement et dans la plus grande solitude, comme une partie d'échecs où il jouait à la fois les blanches et les noires, enfermé en lui-même et luttant contre ses propres limites, sans nouvelles de personne, sans personne dans les jambes.

Il gagnait très peu. Exactement le très peu qu'il lui fallait. Il touchait ses revenus électroniquement, les faisant verser sur un compte courant qu'il s'est ouvert et sur lequel j'ai transféré ce qui restait du fonds général. Il commandait ses quelques provisions par le même moyen qu'avant, livrées par des personnes qu'il ne tenait toujours pas à voir. Moi, je dégotais de temps à autre un petit boulot, et je pouvais lui envoyer à l'occasion un paquet (par le courrier ordinaire désormais) avec quelques euros et du linge de rechange. Bien sûr, il ne dépensait pas tous les biffetons entre deux envois. Il ne voyait absolument personne.

Il s'est mis à cultiver des trucs en suivant le cycle des saisons, faisant des gaffes et rectifiant le tir à mesure. Il restait très loin des nobles philosophies agricoles, et il aurait ri de bon cœur en entendant parler d'admirables concepts comme la permaculture, la macrobiotique ou la biodynamie.

Il prenait une poignée de graines qu'il enterrait, sans autre intention idéologique. Mais ses laitues poussaient, parfaitement formées, à ce qu'il paraît.

* * *

Ça m'étonnerait beaucoup, mais peut-être ceux de l'agence immobilière mettront-ils un jour fin à mon contrat de location du bûcher qui fut autrefois la maison bleue, vexés de voir que je n'ai pas enlevé un seul bout de débris au nom de la rénovation promise. Peut-être verra-t-on apparaître quelques joyaux de l'humanité décidés à se faire installer une piscine pour barboter dans la patience de Manuel. Il se peut même, bien que je sois incapable de l'imaginer, que Manuel se fatigue un jour de sa petite parcelle.

Dans tous les cas, il n'aurait qu'à filer vers un autre Zarzahuriel, d'envergure équivalente ou même réduite. On parle beaucoup de l'Espagne dépeuplée, de l'Espagne vide, on déplore le nombre toujours en hausse de lieux abandonnés. Aux yeux de Manuel, il y en aurait toujours trop peu. Leur quantité pourrait encore augmenter, il y a toujours place à l'amélioration. Mais bon, l'offre actuelle n'est pas trop maigre. Des milliers de villages fantômes, des milliers d'options. Manuel ne manquerait pas de foyer.

Au sens figuré, Manuel pensait à la Mongolie. Il s'agit du pays à la densité de population la plus squelettique du monde, avec seulement deux habitants par kilomètre carré. Un véritable pays de cocagne, à condition de ne pas opter pour un coin qui atteindrait la concentration moyenne. Imaginez Manuel qui s'installe dans son kilomètre carré d'Asie centrale pour trouver à portée de main les deux citoyens qu'indique le ratio.

Nous sommes tous des dégueulasses en puissance. Mais il ne serait pas illégitime de considérer que Manuel, qui avait tourné le dos au monde et lui montrait son cul, était le vrai dégueulasse de cette fête. Beaucoup verraient, dans le Manuel de l'exil fermé et aveugle, un asocial, un indésirable. Pas seulement un dégueulasse de plus : le plus dégueulasse.

Ils n'auraient peut-être pas tort. Mais à sa décharge, Manuel est un dégueulasse singulier que personne n'a à supporter. Isolé dans sa cellule étanche, il ne dérange personne. Son vice se transforme en vertu parce qu'il y a un seul gagnant (lui), sans perdant correspondant. Sa réclusion ne crée aucun sinistré et ne cause de tort à personne.

L'effet de sa dégueulasserie pourrait se comparer à celui d'une mèche sans perceuse, sans prise de courant, sans opérateur et sans mur à trouer. En plus, en l'absence d'un champ humain où se déployer, sa charge était désactivée en permanence. Lui-même y veillait, c'était son obsession : personne n'aura à chercher le moyen de se débarrasser de lui. Il est peut-être un dégueulasse. Mais sa façon de l'être, sans destinataire aucun, est la moins indigne de toutes.

Je songe au mal de tête qui ne trouve pas de tête à envahir. Personne n'en souffre, aucune aspirine n'a à faire jouer sa chimie, aucun *aïe* n'est prononcé par sa faute. Vivre comme vit Manuel, c'est comme agresser un sac de sable, détourner l'argent de son propre compte bancaire ou calomnier une mouche. Des gestes blâmables, sans doute, mais qui n'atteignent personne. Vains parce que sans victimes. À ce jour, Manuel, faute de cibles, est épargné par le mal.

Un chiffre multiplié par zéro donne toujours zéro. Un dégueulasse multiplié par zéro récepteur donne zéro. Le même zéro que Manuel a toujours aspiré à être, un zéro à gauche sur une échelle qui, parce qu'elle est adimensionnelle, n'a ni gauche ni droite.

* * *

Si je raconte tout ça, c'est parce que hier, après l'avoir longtemps désiré, j'ai enfin mis les pieds à Zarzahuriel. Je pensais depuis longtemps à la manière de m'y prendre, moi à qui l'auto-école n'avait pas réussi. Depuis des mois, je disais à Manuel que j'irais lui faire un coucou. Nous avons fini par arrêter date et heure.

J'ai mis du temps à dénicher quelqu'un qui accepte de transporter jusque-là l'éternel piéton que je suis. Je n'ai pas trouvé mieux que de demander l'aide de mon fils aîné, qui venait de décocher son permis. J'ai concocté une vague histoire de champs de coquelicots dont j'avais entendu parler sur Internet et qu'il aimerait peut-être admirer en ma compagnie. Je trouverais un prétexte pour le semer une fois sur place, parce que je tenais à entrer seul dans Zarzahuriel. J'ai dû prendre mon courage à deux mains pour lui faire ma proposition : je ne le voyais quasiment plus depuis des années et je savais que le voyage serait un supplice.

Il a accepté et nous nous sommes mis en route. Pendant le trajet, il m'a parlé de ses trucs. Il m'a fait penser à Joaqui et à sa bande, avec leurs appareils, leur musique et les crèmes qu'ils se mettaient dans les narines. Mon fils était de la même espèce, j'en ai eu la confirmation. Chemin faisant, je me suis torturé les méninges, en quête d'une manière de l'éloigner pour éviter que Manuel le voie, parce qu'il me faisait honte et que je ne voulais pas qu'un tiers assiste à nos retrouvailles.

À un kilomètre du lieu, j'ai fait celui qui a eu une illumination soudaine : il pourrait me déposer là et partir à la recherche d'un village où nous acheter de quoi déjeuner. Ma proposition l'a beaucoup emmerdé, parce que ça puait le mensonge et le type qui se dédit. C'était la plus stricte vérité, d'ailleurs. Mais je m'en foutais. On a donc décidé de se retrouver deux heures plus tard à l'endroit où il m'avait laissé pour manger sous un arbre.

Je suis entré à pied dans Zarzahuriel. J'ai parcouru le hameau, fier de voir ce que Manuel voyait, fier d'être admis sur la scène où un homme s'était construit une vie à sa mesure. Suivant l'odeur de roussi, ou plutôt de noirci, j'ai vu mon bien calciné, puis sa maison. Elle s'élevait tel un temple pauvre, avec sa masse noire adossée à la bossue d'à côté, affichant de vagues signes d'habitation. Trouvant la porte ouverte, j'y suis entré.

Manuel n'était pas là. Il avait laissé un mot sur la table. Au lieu de « De retour dans un instant » ou « Je suis à la fontaine », il avait écrit : « Je t'aime beaucoup. »

J'ai compris aussitôt qu'il n'allait pas apparaître, que je ne le reverrais jamais. Je n'avais pas percuté en voyant qu'il m'appelait de moins en moins et qu'il répondait par de brèves remarques évasives quand je parvenais à l'intercepter. Je n'avais pas été assez futé pour comprendre qu'il était déterminé à mener son encapsulation jusqu'aux conséquences ultimes. Je n'avais pas compris que Manuel, désormais, n'était là pour personne. Pas même pour moi.

Au lieu de m'en offusquer, j'ai regretté de l'avoir dérangé. Si un autre que lui me faisait le coup, je ne lui adresserais plus jamais la parole. Mais j'ai eu le cœur crevé à l'idée que Manuel avait décidé de ne plus parler à personne, y compris à moi. Cela dit, je suis convaincu que c'est ce qu'il veut et qu'il a bien fait. Il avait toujours eu tendance à bien faire. J'aimerais lui ressembler.

J'ai fait le tour de la maison, reconnaissant tout ce dont il m'avait entretenu des heures durant au téléphone. J'ai touché sa pauvreté assumée, sa fortune en temps libre, son avarice de paix, et j'ai senti une peur intense dont je n'ai pu me libérer qu'en relisant le mot qu'il m'avait laissé.

Laissant Zarzahuriel derrière, j'ai marché jusqu'au lieu du rendez-vous. Le conducteur de la voiture est revenu et nous avons mangé, assis sur un rocher. Puis nous sommes rentrés à Madrid. Personne n'a soufflé mot à propos des champs de coquelicots qu'en principe nous étions venus contempler. Je ne pense pas que mon fils m'ait vu pleurer. Ou peut-être que si, parce que ces choses-là se voient toujours.

* * *

Je pense tout le temps à Manuel. Je le vois dans sa chambre à vide d'où tous, moi y compris, sont exclus. Il doit avoir le visage calme des hommes qui, loin de simplement vieillir, vivent honorablement.

Je l'imagine qui regarde la pluie en se demandant si cette eau est celle dont on parle quand on dit qu'il en a coulé sous les ponts. Manuel demeurera à coup sûr un ermite sans témoins de ses œuvres, un ermite qui a tellement envie de solitude qu'il n'admet même pas la présence de Dieu. Perdu et muet comme la pierre qu'un Romain a lancée dans un ravin au premier siècle et qui s'y trouve encore de nos jours.

Il mourra vers 2060 ou 2070. Une voix de croque-mort annoncera alors : « Il est mort, vous pouvez venir lui faire vos adieux. » Personne ne se présentera à la porte du salon funéraire, et son esprit s'en réjouira. Pas une âme n'assistera à ses funérailles, puisque je ne crois pas survivre aussi longtemps. Ça n'a pas d'importance. Il sera enterré comme il a vécu : seul et heureux.

Ou peut-être agonise-t-il en ce moment, peut-être est-il mort aujourd'hui à quatre heures ou mourra-t-il demain à quatre heures. Pour nous, rien ne changera. Disons-nous qu'il est déjà mort. Disons-nous que les cils des cadavres déjà inhumés et ceux de Manuel sont les seuls que nous ne croiserons plus jamais sur notre route.

2018

RÉALISATION : NORD COMPO À VILLENEUVE-D'ASCQ
ACHEVÉ D'IMPRIMER SUR ROTO-PAGE
PAR L'IMPRIMERIE FLOCH À MAYENNE
DÉPÔT LÉGAL : MAI 2021. N° 142557 (98100)
IMPRIMÉ EN FRANCE